Lotte Bormuth

MEIN LEBEN – EIN LOBPREIS DER GÜTE GOTTES

Lotte Bormuth

Mein Leben – ein Lobpreis der Güte Gottes

Francke

Über die Autorin:
Lotte Bormuth ist eine der erfolgreichsten christlichen Autorinnen Deutschlands. In über 100 Titeln hat sie mit Lebensbildern und eigenen Erlebnissen vielen Menschen Trost, Freude und Glaubensmut vermittelt. Sie ist seit 2020 verwitwet, hat 5 Kinder, 15 Enkel und 7 Urenkel und lebt heute in einem Pflegeheim in Marburg/Lahn.

MIX
Papier aus verantwortungsvollen Quellen
FSC® C014138

Bibliografische Information der Deutschen Nationalbibliothek
Die Deutsche Nationalbibliothek verzeichnet diese Publikation in der Deutschen Nationalbibliografie; detaillierte bibliografische Daten sind im Internet über https://dnb.de abrufbar.

ISBN 978-3-96362-476-6

Am Schwanhof 19, 35037 Marburg an der Lahn
Umschlagbild: © adobe stock / Ju_see
Umschlaggestaltung: Francke-Buch GmbH / Marion Schramm
Satz: Francke-Buch GmbH
Printed in Czech Republic

www.francke-buch.de
info@francke-buch.de

Inhalt

Die Schönheit meines Lebens

Ein Blick aus dem Fenster machte mich heute Mittag ein wenig wehleidig. Gestern noch war unser Rasen mit frischem Grün und vielen leuchtenden Löwenzahnblüten bedeckt. Diesen Anblick hatte ich besonders nach dem langen, kalten Winter genossen. Und nun hatte der Rasenmäher die herrliche Pracht zerstört. Wie oft schaute ich aus unserem Badfenster und dankte Gott für die Blumen.

Eigentlich zählt der Löwenzahn ja zu den Unkräutern und wird im Garten nicht gern gesehen. Mit Stumpf und Stiel wird er ausgerottet. Bleibt nämlich nur ein kleines Würzelchen in der Erde stecken, dann treibt die Pflanze neu aus und nur wenige Wochen später bedeckt sie wieder die Gemüsebeete. Was gibt dieser Pflanze die Kraft? Es ist der gesunde und fruchtbare Wurzelboden, der sein kräftiges Wachstum fördert. Aber auch die Genügsamkeit ist eine Eigenschaft dieser Blume. Neulich entdeckte ich sogar inmitten von Pflastersteinen gelbe Blüten, die aus den Ritzen des Gesteins ihre Köpfe gegen die Sonne erhoben.

Dieses Bild von dem frischen Grün und der herrlichen Blütenpracht wurde mir zu einem Sinnbild für mein Leben. Wie viele Veränderungen hatte ich schon durchlaufen müssen. Um mich zu erinnern, nahm ich unsere Fotoalben zur Hand und blätterte darin. Besonders gern schaute ich mir die wenigen Fotos an, die mir nach unserer Flucht, als ich noch ein Kind war, geblieben waren. Ein Foto zeigte mich mit meinen Eltern und meinen Geschwistern, wie wir im Schwarzen Meer badeten und uns von den Wellen überspülen ließen. Wehmütig wurde ich, denn ich fragte mich: Warum wurde diese herrliche, wunderschöne Kinderzeit durch die Umsiedlung aus meiner Heimat Bessarabien so schnell zerstört? Wir landeten schließlich nach einigen Lageraufenthalten in Mährisch Ostrau und anschließend in Römerstadt in der Tschechoslowakei, wo wir mehrere Monate in Quarantäne zubringen mussten.

Dann betrachtete ich ein anderes Foto. Recht abgemagert und bekümmert blickten meine Eltern in die Kamera und uns Kindern sah man auch das Elend der Umsiedlung an; denn in dieser Zeit wurden wir vom Hunger geplagt. Der Schrei »Mutter, gib mir Brot!« muss meinen Eltern das Herz schwer gemacht haben. Meine Mutter hatte mir mein bestes blaues Kleidchen angezogen und mir eine große weiße Schleife ins Haar gebunden. Noch blickte ich mit wachen, lustigen Augen in die Welt. Jeder, der dieses Foto betrachtet, wird sagen: »Lottchen ist aber ein fröhliches, kesses Mädchen.« Schön, dass mir das Lachen bis heute geblieben ist.

Ein anderes Foto, einige Jahre später aufgenommen, zeigte mich als Quartanerin. Wir standen als Schulklasse mit etwa dreißig Kindern vor dem Gymnasium. Was mich auf diesem Foto so glücklich machte, war mein neues Kleid. Es war das erste, das mir Mutter nach der

Flucht aus einem bunten Stoff mit vielen Blumen genäht hatte. Stolz trug ich meine langen blonden Zöpfe als Kranz um meinen Kopf gelegt. Im Album klebten noch einige Aufnahmen, die während einer Klassenfahrt in die Alpen entstanden waren. Ich stand auf der Zugspitze und tat so, als gehörte mir die ganze Welt. Mein fröhliches, unbekümmertes Lachen war auch jetzt mein Markenzeichen, auch wenn ich mich in diesen acht Tagen nur von Brot und Speck ernährte, während meine Klassenkameraden mittags eine Gaststätte aufsuchten, weil sie über eine Menge Taschengeld verfügten. Wir waren in unserer Familie damals noch sehr arm und ich war froh, dass ich mir diese Reise durch Arbeiten auf den Feldern und mit Austragen von Zeitungen hatte zusammensparen können. Alle schulischen Sorgen schien ich hinter mir gelassen zu haben und auch heute dachte ich gern an die beeindruckenden Berge zurück, die zudem noch mit Schnee bedeckt waren. Einmal ermahnte mich mein Klassenlehrer, ich sollte nicht so übermütig sein und die Hänge auf den Schneefeldern hinabrutschen. Das könnte gefährlich für mich werden. Aber ich fühlte mich so frei und aller Sorgen enthoben. Das war damals eine herrliche Schlittenpartie für mich auch ohne einen Schlitten unter mir.

Das letzte Foto während meiner Schulzeit zeigte mich nach dem Abitur vor dem Portal des Jakob-Grimm-Gymnasiums in Rotenburg/Fulda. Ich hatte die Prüfung bestanden, und diese Freude schlug sich auch auf meinem Gesicht nieder.

Am glücklichsten aber schaute ich auf unserem ersten Familienfoto drein, das mich mit meinem Mann und drei Kindern darstellte. Es war ja schon immer der große Wunsch meines Lebens gewesen: Ich wollte gerne eine kinderreiche Mutter werden. Mit meinen vier Söhnen, einer Tochter und fünfzehn Enkeln ist mir diese Bitte von Gott erfüllt worden.

Wie viele Veränderungen habe ich im Laufe der Zeit erlebt. Nun bin ich alt geworden. Aber meine lebensbejahende Art und mein Unternehmungsgeist sind mir geblieben. Sicher hängt dies mit meinem Wurzelboden zusammen, in den ich schon in jungen Jahren eingepflanzt wurde. Es war für mich der schönste Tag, als ich mit sechzehn Jahren die Begegnung mit Jesus, dem Gottessohn, erlebte. Ihm vertraute ich mein Leben an. Er nahm mich in seine Gemeinschaft auf und sagte mir zu, dass er mich immer lieben würde. Der Vers aus Hosea 2,22 war mir bei meiner Bekehrung zu einem Schlüsselwort geworden: *Gott spricht: »Ich will mich mit dir verloben und du wirst den Herrn erkennen.«* Das war die Stunde, in der ich in den göttlichen Wurzelboden eingepflanzt wurde. Bis heute konnte mich keine Macht der Welt aus der Nähe meines Herrn herausreißen. Manchmal geriet ich in Anfechtungen. Wenn meine Kräfte und der Schwung nachließen, empfand ich meinen Mangel als bedrückend. Das wollte will mich traurig machen. Aber dann erinnerte ich mich an Jesaja 28,19b: *Allein die Anfechtung lehrt aufs Wort merken.* Ja, ich brauchte auch die Anfechtung. Ich griff dann zu meiner Bibel und holte mir vor allen Dingen aus den Psalmen und dem Reden Jesu neue Kraft. Auch die alten Choräle waren mir eine starke Ermutigung. Oft lernte ich sie auswendig und hatte Mühe, z. B. die vielen Strophen von *Befiehl du deine Wege* im Gedächtnis zu behalten. Mit ihnen lobte ich Gott und das Staunen über seine Taten führte mich in die Anbetung meines Herrn. Welch einen treuen Gott habe ich doch! Er hat mein Leben reich gemacht und es gibt nichts Schöneres, als sich von seinem Schöpfer geliebt zu wissen.

Lieber Gott,
wenn du mich nicht hättest …

Vergnügt stehe ich in meiner Küche, diesmal ohne von einem Schwarm kleiner Kinder umdrängt zu werden, die alle beim Backen mithelfen wollen, und knete meinen Teig. Völlig ungestört kann ich meine Plätzchen formen und brauche zwischendurch nicht den umgestoßenen Eischnee vom Fußboden aufzuputzen, die Scherben zusammenzukehren oder einen Streit zu schlichten, weil eines unserer Kinder steif und fest behauptet, seine Sterne und Schokoladenherzen seien die schönsten. Seit einem halben Jahr ist unser Jüngster eingeschult, und so fühle ich mich frei in meinen vier Wänden. Ich kann mir die Arbeit einteilen, wie es mir passt, und es macht mir auch mal Spaß, neue Rezepte auszuprobieren. Ich genieße die Ruhe und freue mich, dass die Arbeit so zügig vorangeht.

Meinen Gedanken lasse ich freien Lauf und sie gehen die Jahre zurück, als unsere beiden Ältesten gerade drei und vier waren. In einem »klugen« Buch hatte ich gelesen, von welch großem erzieherischen Wert es sei, wenn man seine Kinder an allem beteiligt und ihnen so ein gutes Maß an Selbstvertrauen vermittelt. Und da ich eine fortschrittliche Mutter sein wollte, hieß das für mich, Anne-Ruth und Gottfried dürfen mir beim

Plätzchenbacken helfen. Hätte ich nur im Geringsten geahnt, was ich mir mit diesem Entschluss eingebrockt hatte, ich hätte einen weiten Bogen um diese Art von pädagogischem Ratschlag gemacht.

Wir stachen also Sterne, Herzen, Monde, Glocken und Nikolausmänner aus. Die Begeisterung war auf allen Seiten groß und mich freute es, mit welchem Eifer die Kinder den Teig kneteten und die ausgestochenen Kekse auf das Backblech legten. Als die erste Schüssel zu Bruch ging und das Eigelb eine glitschige Lache auf den Fliesen bildete, wurde meine Freude schon etwas gedämpfter. Natürlich blieb es nicht aus, dass Zucker und Mehl den Fußboden wie in eine winterliche Landschaft verzauberten und es unter den Schuhsohlen bei jedem Schritt knirschte. Die Pullover glichen einem Rezeptbuch. Honig, Butter, Puderzucker, Eireste klebten daran und waren beredte Hinweise auf die herrlichen Zutaten des Gebäcks. Aber das störte mich nicht weiter. Ich war ja stolze Besitzerin einer Waschmaschine. Da ärgerten mich die schmierigen Flecken an der Tapete und den Türen schon mehr.

Allmählich wurde mir bewusst, dass meine eigentliche Arbeit erst nach dem Backen anfing, wenn ich Schränke und Wände abwaschen musste. Dieser Gedanke ließ meine gute Laune merklich absinken. Die Freude an den leckeren Weihnachtsplätzchen war mir längst verdorben. Hässliche graue Teighäufchen lagen auf dem Blech – sie hatten schon mehrmals die Bekanntschaft mit dem Fußboden gemacht – und erinnerten mich an deformierte Sputniks, die nicht starten können. Als schließlich unser Gottfried auf die Idee verfiel, den Teig auf dem Stuhl auszurollen, weil das für seine kurzen Ärmchen bequemer war – der kleine Kerl reichte ja noch nicht bis an die Tischplatte –, konnte ich die Fassung kaum noch wahren. Es kochte in mir.

Aber gerade in diesem Augenblick schaute mich plötzlich der Knirps mit seinen großen dunklen Augen an und etwas stockend kam es über seine Lippen: »Gell, Mama, wenn du uns nicht hättest, du könntest deine Arbeit nie und nimmer schaffen.« Die pädagogische Wirkung meines Tuns war nicht ohne Erfolg geblieben. Oder sprach dieser Satz etwa nicht von einem gestärkten Selbstvertrauen? Ich konnte nur schmunzeln. Aller Ärger und Zorn waren im Nu verflogen und ich drückte den kleinen Blondschopf fest an mich.

Ich habe lange über dieses kleine Erlebnis in meiner blau gekachelten Küche nachdenken müssen und es wurde mir zum Bild für mein eigenes falsches Verhalten Gott gegenüber. Benehme ich mich nicht genauso wie meine kleinen Kinder?

Gott hat mich in seinen Dienst berufen, weil er mir Anteil geben will an seinen Plänen und Zielen. Ich darf seine Mitarbeiterin sein, das gibt meinem Alltag ein großes Maß an Sinnerfüllung. Ich erlebe viel Freude am Bau des Reiches Gottes. Wie oft aber verpfusche ich Gott sein Werk, versage in den verantwortungsvollen Aufgaben und in meinen Händen bleiben oft nur Scherben zurück. Vielleicht spreche ich es nicht so offen aus: »Lieber Gott, wenn du mich nicht hättest, du könntest deine Arbeit nie und nimmer schaffen.« Aber liegt mir dieser Gedanke nicht doch sehr nahe? Ich ertappe mich manchmal dabei, wie ich insgeheim Gott mein Tun aufzähle und mir dabei ungemein wichtig und unentbehrlich vorkomme. Es ist mir unverständlich, wie blind ich für meine eigene Situation sein kann, und es bedarf schon des Eingreifens Gottes, mir durch seinen Heiligen Geist offene Augen zu geben, damit ich meinen wahren Zustand erkenne. Dann fällt so vieles von dem ab, womit ich vor Gott und den Menschen Eindruck schinden will. Wenn Gott mit mir redet, dann wird er sehr konkret und er zeigt mir die Geschehnisse auf, bei denen ich ihm ins Handwerk gepfuscht und die Arbeit verdorben habe.

Ich will ganz ehrlich und offen sein und aus der Vielzahl der Verfehlungen drei herausgreifen.

Ich denke zurück an meine Schulzeit. In vollem Einsatz versuche ich, meinen Lehrern und Klassenkameraden Jesus Christus zu bezeugen. Und dann sitze ich bei einer Übersetzung und Interpretation eines lateinischen Textes und weiß nicht, wie ich die Worte zu einem sinnvollen Ganzen aneinanderreihen soll. Ein schielender Blick auf das Heft meiner Nachbarin scheint mir die Lösung zu sein. Und erst als mich das strafende Wort der Lehrerin aufschreckt: »Sie auch, Lotte?«, wird mir bewusst, wie ich durch diesen Betrugsversuch meine mühevolle Arbeit für Gott zunichte gemacht habe.

Oder ich werde an einen schrecklichen Unfall im Bekanntenkreis erinnert. Ein junges Ehepaar verunglückt auf der Heimfahrt vom Skiurlaub tödlich. Ich sitze bei der angefochtenen verzweifelten Mutter und will ihr durch meine Nähe und meine Gebete tröstend beistehen. Als die Nacht anbricht, lasse ich sie allein in ihrem Kummer und eile nach Hause, weil wir Besuch zum Übernachten bekommen haben. Erst im Nachhinein wird mir bewusst, wie kläglich ich versagt habe. Die Freunde waren mir in diesem Augenblick wichtiger als diese leidgeprüfte Mutter. Ich habe die mir befohlene Aufgabe nicht bis zum Ziel geführt, sondern sie mittendrin abgebrochen und habe einen Menschen in seiner dunkelsten und schwersten Stunde seinem Schicksal allein überlassen. Die Freunde hätten sich sicher ihr Bett auch einmal selbst bezogen.

Und noch ein drittes notvolles Erleben. Ich versuche, meine Nachbarn für Jesus zu gewinnen und lade sie immer wieder zu Gottesdiensten und Evangelisationen ein. Ich bin freundlich und hilfsbereit, kehre im Winter die Straße einer alten alleinstehenden Frau und weiß, dass mein Tun Beachtung findet und mir Zugang zu den Menschen verschafft. Und dann passiert mir eines Tages etwas ganz Dummes. Ich trage den Abfall aus der Küche und da unser Mülleimer schon bis oben hin voll ist, stecke ich den prall gefüllten Plastikbeutel einfach in den fast leeren Container meiner Nachbarin, von der ich weiß, dass sie um diese Zeit nicht zu Hause ist. Eine alte Dame schräg gegenüber beobachtet das und schüttelt nur mit dem Kopf.

Mir ist elend zumute. Ich habe wieder meinem Gott Schande eingebracht.

Was tun in einer solchen Lage? Ich gehe zu Gott mit meinem Betrug, mit meinem Versagen, mit meinem hässlichen Verhalten und bekenne es ihm offen. Wenn ich auch bis ins Innerste über mein verdorbenes Wesen erschrocken bin, so ist doch Gott niemals schockiert. Im Gegenteil, er wartet darauf, dass ich mich nicht länger mit meiner Last quäle, die mein Gewissen schwer bedrückt, sondern dass ich ihm meinen Kummer sage und meine Scherben bringe. Gott hat einen Ausweg aus meiner Misere und will mich wieder heilen. So steht es in seinem Wort.

Das Blut Jesu Christi, seines Sohnes, fließt über meine Sünde und tilgt sie aus. So erlange ich vor Gott und vor Menschen Vergebung meiner Schuld und darf weiter sein Mitarbeiter sein. Begreifen kann ich diese Tatsache nicht, aber freuen kann ich mich darüber, freuen, dass ich mit eingeplant, mit eingebaut und immer wieder neu mit eingesetzt werde im großen Werk Gottes, das seiner Vollendung entgegengeht. Ich diene in der Hoffnung, dass ich einmal in Gottes neuer Welt sehen werde, was er trotz meiner Mitarbeit doch noch alles zuwege gebracht hat. Das Staunen wird dann kein Ende haben.

Mein Kind wird eingeschult

Heute ist ein besonderer Tag und ich bin voller Freude. Unser Daniel, der Jüngste der Familie, wird eingeschult. Ist es da nicht verständlich, dass ich von Dankbarkeit bewegt werde? Ich denke zurück an den Februar 1973.

Ich war keine junge Mutter mehr und die Schwangerschaft war mit vielen Schwierigkeiten verbunden. Ich fühlte mich so schwach und elend, dass mich oft die Sorge überfiel: Woher soll ich die Kraft nehmen, diesem Kind zum Leben zu verhelfen? Ich fürchtete mich auch vor der vermehrten Arbeitslast. Manchmal musste ich tagelang das Bett hüten. In der Küche aber türmte sich das schmutzige Geschirr zu einem Berg auf und im Badezimmer quoll der Wäschekorb über. Mir war so übel, dass ich an Kochen gar nicht denken mochte.

Aber dann kam der lang ersehnte Tag der Geburt und mit ihm waren alle Kümmernisse vergessen. Freude über den gesunden, kräftigen Jungen erfüllte die ganze Familie. Noch zu nachtschlafender Zeit, morgens um halb sechs, riefen unsere Kinder Freunde und Verwandte an und verbreiteten die frohe Nachricht, nach sieben Jahren noch einmal einen kleinen Bruder bekommen zu haben.

Nun sind seit jenem Ereignis sechs Jahre vergangen. Daniel wird eingeschult. Er ist herangewachsen und hat sich gut entwickelt – Grund genug, Gott dankbar zu ehren.

Mir ist es unerklärlich, wie Mütter unter Gott an einem solch bemerkenswerten Tag traurig und bekümmert sein können. So hörte ich eine Bekannte jammern und in ihren Augen waren die Tränen nicht zu verbergen: »Jetzt muss ich mein Kind hergeben an eine verdorbene Welt. Bisher konnte ich Angela behüten und bewahren. Nun aber wird ihr ein anderer Wind um die Ohren blasen. Welch verderblichen Einflüssen und verführerischen Ideologien wird Angela ausgesetzt sein? Und mit wie viel Schmutz und Schund wird ihre kindliche Seele belastet werden? Wenn ich nur an die Titelseiten der vielen Illustrierten an den Kiosken denke und an die Kinoreklamen, an denen der morgendliche Schulweg vorbeiführt, wird mir bange.«

Ich kenne diese Nöte auch aus eigener Erfahrung und ich will nicht oberflächlich an ihnen vorübergehen. Die verführerischen Mächte in unserer Zeit dürfen nicht unterschätzt werden. Aber Sorge und Furcht sind schlechte Wegbegleiter für das Leben unserer Kinder. Unsere Erziehung aber darf auf dem felsenfesten Fundament des Vertrauens zu Gott stehen. Er hat uns unsere Kinder gegeben und er übernimmt auch die Verantwortung für sie.

Als ich die Losung des Einschulungstages las, wurde mir dies erneut unterstrichen und ich kann gar nicht sagen, wie froh mich die Worte aus Jesaja 43,2 und aus Matthäus 14,24-25 gemacht haben: *»Wenn du durch*

Wasser gehst, will ich bei dir sein, dass dich die Ströme nicht ersäufen sollen; und wenn du ins Feuer gehst, sollst du nicht brennen, und die Flamme soll dich nicht versengen.« – »Das Boot war schon weit vom Land entfernt, und die Wellen machten ihm schwer zu schaffen; denn der Wind stand ihm entgegen. Aber in der vierten Nachtwache kam Jesus zu ihnen.«

Gerade der Bericht von der Stillung des Sturmes, aus dem der letzte Vers entnommen ist, gehört mit zu den ersten biblischen Geschichten, die ich unserem Daniel erzählt habe. Ich erinnere mich noch daran, wie der kleine Kerl eines Nachts in seinem Bettchen laut schrie, weil der Wind an den Rollläden zerrte und das Geklapper ihn aufgeschreckt hatte.

»Schlaf weiter, Daniel«, beruhigte ich das Kind, »weißt du nicht, was der Herr Jesus zu dem Wind gesagt hat?« – »Ja, Mama, Wind sei still«, kam die Antwort. Der Kleine ließ sich durch diese Worte trösten und schlief wieder ein.

Das war nicht das einzige Mal, dass wir an unserem Kind die Macht Jesu erlebten. Daniel war ungefähr sieben Monate alt, als er an einer gefährlichen Verdauungsstörung erkrankte. Wir riefen den Notarzt an, der den Kleinen sofort in die Klinik einwies. Als ich am späten Abend vor dem leeren Bettchen stand, übermannte mich der Schmerz und lähmende Angst kroch mir den Rücken herauf. »Wird mein Kind wieder in diesen Kissen liegen? Werden seine Händchen durch die Stäbe des Gitterbettchens nach mir greifen? Werde ich die Windeln auf dem Wickeltisch noch einmal brauchen?« Und wieder war es mir, als hörte ich Jesus sagen: »Was bekümmerst du dich so? Bin ich nicht der Herr über Sturm und Krankheit? Vertrau mir doch!«

Oft kann ich es nicht begreifen, dass wir einen solchen Herrn haben, der unsere Not zu seiner Not macht und an unserem Schmerz nicht vorübergeht. Ich kann darüber nur staunen. Gewiss, Kummer, Leid, Krankheit und Unfall bleiben uns nicht immer erspart. Es brechen oft heftige Wogen über uns herein. Aber das ist der Trost: Jesus ist mitten in allen Unwettern und Gefahren, und er ist der Herr.

So begleite ich an diesem Tag des Schulbeginns mein Kind mit der Losung des 24. August 1979 auf dem Weg zur Schule. Ich danke meinem Herrn für die Gabe, die er mir mit diesem Jungen geschenkt hat, und ich vertraue ihm, dass er nach seinem Willen das Beste für meinen Sohn ausersehen hat.

Folgen einer Verwechslung

Es war uns ein Anliegen, dass unsere junge Ehe ganz im Dienst für Gott stehen sollte. Wir übten uns darin, für Menschen in unserer Umgebung eine offene Tür zu haben.

Als wir uns ein eigenes Haus bauen konnten, hieß die Losung am Tag des Einzugs: *»Dies Haus soll sein ein Bethaus allen Völkern«* (Jesaja 56,7). Dass dies im wahrsten Sinne des Wortes geschehen konnte, ist mir ein Beweis für Gottes Macht, unter der unser Dienst geschehen durfte. Dazu möchte ich ein kurzes Erlebnis berichten.

Es ist eine stürmische, regnerische Nacht. Unruhig wälze ich mich im Bett hin und her und achte auf jedes Geräusch. Wir sollen noch Einquartierung bekommen, und ich habe Angst, das Klingeln zu überhören. Ein Bus mit ungefähr dreißig Studierenden aus Südostasien wird vom Goetheinstitut erwartet und wir sind gebeten worden, unsere Untermieter noch spät am Abend zu empfangen.

Da, um zwei Uhr, läutet die Klingel. Ein Lehrer der Sprachschule, zwei junge Chinesen und der Busfahrer stehen vor der Tür. Ich bitte die späten Besucher herein und begrüße sie. Die beiden Studenten ziehen sofort beim Betreten des Hauses die Schuhe aus und verbeugen sich mit größter Höflichkeit.

»Jetzt stehen die Kerle schon in Strümpfen da, anstatt mir zu helfen, die schweren Überseekoffer ins Haus zu schleppen«, schimpft der Busfahrer. Ein Glück, dass die beiden ihn nicht verstehen, denke ich. Ich beruhige den Fahrer, hole meinen Mann und mit vereinten Kräften schaffen wir die sieben Kisten und einen Sack voll Konserven in den Flur. Etwas verloren stehen wir zwischen den hoch aufgetürmten Gepäckstücken.

»Das ist Herr Cheng«, stellt uns der Lehrer unsere neuen Mitbewohner vor, die vier bis sechs Monate Gast in unserem Haus sein werden. »Und das ist Herr Wang.«

»Ich bin nicht Herr Cheng, ich bin Herr Chua«, kommt es etwas zaghaft über die Lippen des Chinesen. »Und ich bin nicht Herr Wang, ich bin Herr Tan«, fährt der zweite gleich fort.

Verdutzt schaut der Lehrer drein. »Da muss wohl eine Verwechslung vorliegen«, entschuldigt er sich, »also alles wieder hinaus ins Auto schleppen.« Der Busfahrer ist nicht gerade erbaut von diesem Vorhaben. Er tobt und schimpft erneut los, diesmal lautstark, sodass ich Angst habe, die Nachbarn könnten auf uns aufmerksam werden.

»Lassen Sie doch die beiden Herren hier«, versuche ich einzulenken. »Sie sehen doch, wie müde und erschöpft die beiden Studenten von der langen Reise sind. Mir ist es gleich, ob die Herren Cheng und Wang heißen oder Chua und Tan. Wenn der Direktor Ihres Instituts auf einer Verlegung bestehen sollte, dann kann das ja morgen noch geschehen.«

Der Lehrer erklärt sich damit einverstanden und der Busfahrer setzt sich schnell ans Steuer.

»Welches Tag ist heute?«, fragt mich zögernd Herr Tan, der in Singapur schon ein halbes Jahr Deutsch gelernt hat.

Ich schaue auf die Uhr. »Heute ist schon Sonntag«, gebe ich ihm zu verstehen und deute auf den Wecker, der zwei Uhr anzeigt. Durch die lange Reise, zunächst mit dem Schiff, dann mit dem Bus, hat Herr Tan ein wenig die Zeitvorstellung verloren.

»Kann ich gehen in das Kirche?«, kommt es zaghaft über seine Lippen. Ich traue meinen Ohren nicht. »Sind Sie Christ?«, frage ich erstaunt auf Englisch. »Ja«, nickt unser Gast und holt aus seiner Jackentasche eine kleine zerlesene Bibel.

Träume ich, oder ist es wahr? Schon seit vielen Wochen bete ich, Gott möge uns doch eine Möglichkeit geben, die ausländischen Studenten, die aus fast hundert Nationen in unsere Stadt kommen, um Deutsch zu lernen, mit dem Evangelium vertraut zu machen. Und dann steht mitten in der Nacht ein junger Asiate vor mir, durchfroren und hundemüde, und fragt, ob er in eine Kirche gehen kann!

»Aber gerne, wir sind auch Christen, und ich freue mich ungemein, Sie mit in unsere Gemeinde zu nehmen. Trinken Sie noch eine Tasse Tee und dann versuchen Sie, schnell noch ein wenig zu schlafen. Heute früh um acht Uhr wecke ich Sie und wir gehen gemeinsam in den Gottesdienst. Wird uns Herr Chua auch begleiten?«, frage ich. »Ja«, kommt die Antwort aus seinem Mund.

Aber mein Staunen sollte noch größer werden. Auf dem Nachhauseweg nach dem Gottesdienst begegnet uns hier und da ein Trupp junger Leute, die gemeinsam mit unseren beiden Chinesen in der Nacht hier angereist waren. Sie irren nun durch die Straßen dieser Kleinstadt, um sich etwas zum Essen zu kaufen. Aber enttäuscht bleiben sie vor verschlossenen Türen stehen. Alle Läden sind zu. Für sie eine unbegreifliche Tatsache.

»Kommen Sie mit zu uns«, lade ich sie ein. An ihren Gesichtern kann ich erkennen, dass sie sich freuen, mit einem Menschen Englisch reden zu können. Immer wieder stoßen wir auf zwei, drei junge Männer, die ratlos vor den Schaufenstern stehen und deren Mägen vor Hunger knurren.

Im Nu sind wir von ungefähr zwanzig ausländischen Studenten umgeben, die aus Indien, Korea, Pakistan und anderen asiatischen Ländern gekommen sind. Wir sind ins Gespräch vertieft und ich merke erst, dass ich zu Hause angekommen bin, als ich vor unserer Tür stehe.

Aber plötzlich wird mir ganz mulmig. Was koche ich nur für diese zwanzig hungrigen Münder? Ich bin ein wenig ratlos. Wir sind noch eine junge Familie mit nur zwei kleinen Kindern und besitzen noch keine Kühltruhe oder größere Vorräte im Keller. Aber ich lasse mir nichts anmerken. Irgendetwas werde ich schon finden, beruhige ich mich selbst.

Zu Hause angekommen, stellt mein Mann gleich einen großen Topf Wasser auf die Herdplatte und ich schütte sämtlichen Reis hinein, ganz gleich, ob es Milchreis oder Langkornreis ist. Außerdem brühe ich drei große Kannen Tee.

Aus den Schränken hole ich das ganze Geschirr und decke im Wohnzimmer, Arbeitszimmer und in der Küche. Aus der Speisekammer hole ich Brot, Kuchen, Fisch, Käse, Marmelade, Wurst, Honig – einfach alles, was ich finden kann – und koche noch die restlichen sechzehn Eier. Unser Sonntagsbraten wird in ganz kleine Stücke zerschnitten und die Soße mit mehreren Maggiwürfeln verlängert.

Ich kann nicht sagen, ob unsere Gäste von meiner Kochkunst begeistert sind. Jedenfalls sind hernach alle Schüsseln leer und an den Tischen ist ein reges Gespräch im Gange, das bis in den späten Nachmittag andauert.

Als sich unsere Freunde zum Gehen rüsten, schlage ich ihnen vor: »Es war für uns sehr interessant, mit Ihnen bekannt zu werden und etwas über Ihr Land und Ihre Sitten zu erfahren. Wir sind uns heute Nachmittag ein Stück nähergekommen. Mein Mann und ich würden uns sehr freuen, wenn wir Sie wieder als unsere Gäste begrüßen könnten. Gerne sind wir auch bereit, von dem zu erzählen, was uns bewegt. Wie wär's, wenn wir uns am nächsten Samstag bei uns treffen könnten?« Mein Vorschlag wird begeistert angenommen.

Das ist der Anfang einer Missionsarbeit. An diesem

Nachmittag ist ein Hausbibelkreis für ausländische Studenten geboren. Regelmäßig treffen sich zwölf, fünfzehn und manchmal über zwanzig Studenten in unserem Wohnzimmer. Wir trinken Tee, essen Plätzchen oder Kuchen, unterhalten uns, singen aus amerikanischen Choralbüchern, die uns der Armeepfarrer zur Verfügung gestellt hat, und bezeugen, was Jesus Christus für unser Leben bedeutet. Gute seelsorgerliche Gespräche finden oft bis in die Nachtstunden statt. In dieser Zeit haben wir auch sehr viele Bibeln verteilt.

Aus Briefen wissen wir, dass Gottes Wort nicht ohne Wirkung blieb. So schrieb ein afrikanischer Arzt: »Ich war blind für Christus, nun aber sind meine Augen für ihn offen«, und eine Inderin bekannte: »Ich suche die Wahrheit und danke Ihnen für das Neue Testament«. Dass unser Freund und Bruder, Herr Tan, tüchtig zu dem Bibelkreis eingeladen hat und die Leute auch bei Regen und Frost in unser Haus brachte, sollte ich unbedingt noch erwähnen.

Gott wusste, warum diese Verwechslung geschehen musste. Durch Herrn Tan fanden wir Zugang in die Sprachschule und Menschen, die bisher von Christus unberührt waren, hörten das Evangelium.

Ich aber kann nur darüber staunen, wie Gott auf unser Rufen antwortet und alle Fäden unseres Lebens fest in seiner Hand hält.

Immer wieder geschieht ein Wunder

Es gibt Schicksale, die sind erregender als der spannendste Krimi im Fernsehen, und es gibt Führungen Gottes im Leben von Menschen, die sind so wunderbar, wie wir sie uns schöner nicht vorstellen können. In ein solches Geschehen mit hineingenommen zu werden und daran teilzuhaben, gehört mit zum Vorrecht der Nachfolger Jesu.

Ich erinnere mich, als wäre es erst heute passiert, wie eines Abends ein junger Bauer in unserem Hausbibelkreis auf meinen Mann und mich zukam und sagte: »Frau Bormuth, das nächste Mal bringe ich den Erpresser mit.«

Ein furchtbarer Schreck durchfuhr mich und ich brachte vor Entsetzen kein Wort über meine Lippen. Erst als alle Gäste gegangen waren, machte ich meiner Empörung Luft. »Das geht auf keinen Fall«, schimpfte ich meinem Mann gegenüber los, »dass dieser Verbrecher in unsere Familie kommt. Wir haben selbst kleine Kinder. Schon der Gedanke an sie lässt mich erzittern und jagt mir Ängste ein. Du weißt, ich bin sonst gastfrei, aber alles hat seine Grenzen. Das kannst du mir nicht antun. Bitte, halte mir diesen Mann von unserem Haus fern!«

Was bewegte mich zu einem solchen Sturm der Entrüstung? Schon seit Wochen herrschte in unserer ße Unruhe. Fast jeden Morgen berichteten ngen in großen Schlagzeilen: »Fabrikant wird Geldübergabe misslungen. Erpresser konnte t entkommen.«

völkerung lebte in Angst und Schrecken. Mütter ließen ihre Kinder nicht mehr allein zum Spielen auf die Straße. Sie fürchteten, Opfer eines Wahnsinnigen zu werden, der durch mehrere Briefe einem Unternehmer gedroht hatte, er wolle seine beiden Kinder umbringen, wenn das Geld nicht pünktlich hinterlegt würde. Er könne schon die Särge bereitstellen, sollte er sich weigern, den Zahlungen nachzukommen, hieß es darin. Zweimal war schon ein Brief mit präpariertem Geld an der genau bezeichneten Stelle deponiert worden, aber beide Male konnte der Erpresser der Polizei entkommen. Für die diensthabenden Beamten war dies eine schreckliche Blamage. Die Wellen der Empörung und des Abscheus vor einem solch brutalen Verbrechen schlugen hoch. Ein drittes Mal sollte der Täter nicht entkommen.

In die Nähe des Orts der Geldübergabe hatte die Polizei zur Tarnung einen Bauwagen gefahren, in dem mehrere Beamte Tag und Nacht rund um die Uhr wachten. An den Brief mit den Geldscheinen hatte man ein Kabel angebracht, das durch den Schnee bedeckt war. Wurde der Umschlag berührt, so ertönte im Innern des Baufahrzeugs eine Klingel. Für die Polizisten war dies das Alarmsignal zum Einsatz.

Eines Nachts – draußen herrschte klirrender Frost –

sollte die Falle zuschnappen. Nach tagelangem vergeblichem Warten war der Erpresser doch noch gekommen, um seine Beute abzuholen. In der Baubude schrillte bei der ersten Berührung die Glocke. Sogleich stürzten die Polizisten heraus, umringten den Ort der Geldübergabe, ließen Leuchtkugeln hochgehen und suchten das Gelände ab. Durch das grelle Licht aufgeschreckt und geblendet, ließ sich der Täter in einen Graben fallen und blieb so lange ruhig liegen, bis die Leuchtkugeln verloschen waren. Dann sprang er auf, lief wie ein gehetztes Tier kreuz und quer über Wiesen und Felder, und da er über gute Ortskenntnisse verfügte, gelang es ihm ein drittes Mal, seinen Verfolgern zu entkommen. Diesmal aber hinterließ seine Flucht deutliche Spuren. Aus den Abdrücken im Schnee schlossen die Kripomänner auf seine Größe. An einem Weidezaun fanden sie Wollreste. Auch die Schuhsohlen ließen den Weg bis ins nächste Dorf erkennen. Dort aber hörte die Spur plötzlich auf. Wahrscheinlich war der Verbrecher auf Strümpfen weitergelaufen.

Unter der Bevölkerung in dem kleinen Ort herrschte große Aufregung. Fast alle männlichen Bewohner mussten im Bürgermeisteramt erscheinen. Es wurden Schriftproben angefertigt, Fingerabdrücke genommen, Gestalt und Körpergröße registriert und in manchen Fällen sogar Hausdurchsuchungen vorgenommen. Die Leute waren empört und fühlten sich diskriminiert. Innerhalb von zwei Tagen wurde ein Verdächtiger festgenommen. Das Beweismaterial war so erdrückend, dass er nach langen Verhören endlich die Tat zugab. Er kam in Untersuchungshaft, wurde aber schon nach kurzer Zeit wieder auf freien Fuß gesetzt, da keine Verdunkelungsgefahr bestand. Er wartete nun auf seinen Prozess.

Unser junger Bauer lebte im gleichen Ort. Er hatte kurz zuvor eine Begegnung mit Jesus Christus gehabt und war in seine Nachfolge getreten. Die Liebe zu seinem Herrn bewegte ihn, sich des straffällig gewordenen jungen Mannes anzunehmen. »Jesus gab mir den Auftrag«, erzählte er mir später, »mich um den Erpresser zu kümmern. Mich traf das Wort aus Jesaja 58, Vers 7: *Die so im Elend sind, führe in dein Haus;* denn im Dorf wollte keiner etwas mit ihm zu tun haben. Jeder machte einen großen Bogen um ihn. Einige spuckten sogar vor ihm aus, wenn sie ihm im Laden oder auf der Straße begegneten.«

Mir imponierte das mutige Handeln des Bauern, aber meine Einwände ließen sich nicht so leicht entkräften. Zu tief saß die Angst um meine Kinder. Mein Mann hatte Verständnis für meine Bangigkeit, sah aber zugleich die große missionarische Möglichkeit, diesem gestrauchelten Menschen Jesus Christus bekannt zu machen. »Wir wollen Jesus vertrauen«, beruhigte er mich. »Er kann uns bewahren und uns darüber hinaus die Freude schenken, dass dieser junge Mann von Christus gerettet wird.«

Ich sah ein, wie recht mein Mann hatte, erklärte mich einverstanden und wartete voll innerer Spannung auf den nächsten Abend im Hausbibelkreis.

Immer wieder ging mir die Geschichte dieses Menschen durch den Kopf, die mir von der Presse her nicht unbekannt war. Ich fing an, für ihn zu beten. Die Angst um meine Kinder trieb mich dazu. Es war merkwürdig, wie das Gebet meine innere Haltung veränderte. Ich sah plötzlich nicht nur den Täter eines verabscheuungswürdigen Verbrechens, sondern den Menschen, den Gott grenzenlos liebt und für den Christus sein Leben hingab. So wirkte Gott eine gewisse Befreiung von Angst und ein getrostes Warten auf den neuen Besucher.

Axel Möller, so will ich ihn hier nennen, kam dann zu uns ins Haus. Scheu und etwas misstrauisch musterte er die Anwesenden. Besonders die jungen Mädchen aus unserem Kreis in ihrer fröhlichen, liebenswürdigen Art schienen ihm zu gefallen. Regelmäßig kam Axel zu den Bibelabenden. Keiner der anderen Teilnehmer wusste, wer sich hinter dem neuen Gast verbarg. So begegneten sie ihm voller Vertrauen und das tat ihm sichtlich gut.

Es vergingen eine Reihe von Monaten. Der Prozess hatte inzwischen stattgefunden. Axel wurde zu einer Gefängnisstrafe von fast drei Jahren verurteilt. Am Vorabend seines Gangs hinter Schloss und Riegel kam Axel noch einmal zu uns. Er hatte sich eine nagelneue Bibel gekauft, in Leder gebunden, denn in den Wochen, in denen er unseren Hausbibelkreis besuchte, hatte er doch verspürt, welche Kraft und Ermutigung dieses Buch vermitteln konnte. Er war in Berührung mit Jesus Christus gekommen und das hatte ihn fasziniert. Ich zeigte Axel, wo er die Textstellen im Alten und Neuen

Testament finden konnte, und schenkte ihm meinen Bibelleseplan, sodass ihm für jeden Tag ein Gotteswort in seine Zelle gegeben war. Wir redeten an diesem Abend auch ganz offen über seine Schuld und dass Gott bereit war, sie ihm zu vergeben. Wir versprachen ihm, ihn regelmäßig im Gefängnis zu besuchen. Vor allen Dingen aber wollten wir treu für ihn beten. Als er uns dann spät in der Nacht verließ, drückte er uns fest die Hand. In seinen Augen waren die Tränen nicht zu verbergen. So begleiteten wir Axel auf seinem schweren Gang hinter Gittern mit unseren Gebeten. Wir vertrauten darauf, dass Gott an ihm arbeiten und ihm das Geheimnis eines neuen Lebens in Christus erschließen will.

»Herr«, betete ich inständig zu meinem Vater im Himmel, »du hast Macht, Axel hineinzuziehen in deine Gemeinschaft. Lass ihn in Stunden grenzenloser Einsamkeit seine Zuflucht zu dir nehmen, dass er erkennt, wie lieb du ihn hast. Kremple sein Leben total um und gestalte es ganz neu. Mach ihm dein Wort lebendig und begegne ihm darin.« Regelmäßig besuchten wir unseren gefangenen Freund. Mit einem Seelsorgeausweis in der Tasche bekamen wir immer die Erlaubnis, mit ihm zu sprechen.

Es waren uns jedes Mal kostbare Stunden, wenn wir die Bibel zu uns reden ließen, und wir entdeckten, wie Gott an Axel arbeitete. Nach und nach lernte er die biblischen Geschichten kennen. Seine innere Bereitschaft für das Evangelium gab mir Mut, treuer für ihn vor Gott einzustehen.

Nach ungefähr zwei Jahren erhielt Axel Urlaub aus dem Gefängnis. In unserem Ort war gerade Zeltevangelisation. Dort begegneten wir uns wieder. Nach dem Abendvortrag standen wir am Ausgang und unterhielten uns über die eben gehörte Predigt.

»Axel, Sie sollten ganze Sache mit Jesus machen und ihm Ihr Leben anvertrauen«, ermunterte ich ihn. »Ach was«, entgegnete er mir resigniert, »bei mir hat das doch keinen Zweck, Frau Bormuth. Ich weiß, ich halte nicht durch. Sie wissen ja, wer ich bin. Warum soll ich da erst anfangen?« – »Wir halten alle nicht durch«, wandte ich ein. »Wir sind wankelmütige, trotzige und verzagte Typen. Wenn Jesus uns nicht durchbringt, erreichen wir alle nicht das Ziel. Aber der Herr hat uns zugesagt, dass er uns nicht auf halbem Wege liegen lässt, sondern dass er uns fest bei unserer Hand nimmt und das Werk vollendet, das er angefangen hat. Darauf dürfen auch Sie bauen.«

Axel wurde still und bewegte meine Antwort. Nach kurzem Überlegen pflichtete er mir bei. »Ja, Sie haben recht. Ich will Jesus alle meine Schuld offen eingestehen, ihn aufnehmen in mein Leben. Er soll mein Herr sein und mit mir machen, was er will.«

Ich begleitete Axel wieder zurück ins Zelt und führte ihn zu einem Seelsorger. Nach einem längeren Gespräch übereignete unser junger Freund Jesus Christus sein ganzes Leben. Ich aber stand wartend draußen, an einen Baum gelehnt, und konnte das Wunder nicht begreifen. Jetzt, da Gott meine Gebete erhört hatte, blieb mir nur das Staunen. Lange konnte ich in dieser Nacht vor Freude nicht einschlafen. Es fiel mir schwer, meine Worte zu einem Gebet zu formulieren, so ergriffen war ich vom Handeln meines Herrn. So stammelte ich nur: »Vater im Himmel, ich danke dir. Du bist so gut. Axel hat nun deine Liebe erfahren. Er geht als dein Kind zurück in die Zelle. Bewahre ihn, mach ihn mutig und tapfer, dich zu bekennen.«

Wenn ich heute an Axel denke, dann ist er ein Wunder vor meinen Augen. Er hat sich treu auf die Seite Jesu gestellt und seinen Herrn bezeugt. Abends las er seinen Mitgefangenen biblische Geschichten vor und betete mit ihnen. Die evangelistischen Schriften und Bücher, die wir ihm zuschickten, gab er immer zuerst an seine Zellengenossen, aus Angst, sie könnten vorzeitig entlassen werden, ohne von Jesus gehört zu haben. Wenn er dann die Bücher wieder in seine Hand bekam, waren sie meist schon zerfleddert.

Nach seiner Strafverbüßung kam Axel eine Zeit lang zu uns. Wir besorgten ihm Arbeit bei Christen. Er erlernte einen Beruf und brachte es sogar bis zum Meister. Heute ist er Mitarbeiter in einem Werk des Reiches Gottes und steht in verantwortungsvollem Dienst. An seine Seite hat ihm Gott eine tüchtige Christin zur Frau gestellt, und die Ehe ist mit drei Kindern gesegnet.

Axels Leben war verpfuscht, aber Jesus hat über ihm seinen Sieg ausgerufen. Dass ich an diesem Sieg mit Anteil haben durfte, macht mich ungemein froh.

Der letzte Spaziergang

Es war ein strahlender Herbsttag. Golden lag die Sonne über dem bunt gefärbten Wald. Mein Vater stattete uns einen Besuch ab. Es war sein letzter, das konnte ich schon erahnen. Vater und ich unternahmen einen Spaziergang. Wir kamen nicht sehr weit, denn schon bei der nächsten Bank mussten wir uns am Waldrand niederlassen. Es war mir schwer, mit anzusehen, wie stark der Krebs die Kraft meines Vaters gebrochen hatte. Und doch war er ein Kämpfer. Von Sterben und Tod wollte er nichts hören.

»Man muss mit allen Fasern des Lebens gegen die Krankheit ankämpfen«, sagte er sehr bestimmt. Also schwieg ich zu diesem Thema und sprach nicht von seinem nahen Ende. Noch war er dem Leben ganz zugewandt. Würde mir Gott vielleicht später eine Chance geben, meinen geliebten Vater auf die letzte, steile Wegstrecke vorzubereiten? Er sollte doch um den Trost wissen, den Jesus uns gegeben hat! Mit seinem Sterben am Kreuz hat er dem Tod die Macht genommen und Leben, ewiges Leben für uns geschaffen. Sicher würde es später noch eine gute Möglichkeit geben, ihm davon zu sagen. In solchen Situationen gilt es, behutsam zu sein. Das war mir klar.

Heute, an diesem herbstlich warmen Sonnentag, sprachen wir von anderen Dingen. Ihm lagen die Enkel sehr am Herzen, und manchmal überfiel ihn die bange Furcht, sie könnten in den Sog der Drogen und des Alkohols geraten. Es herrschte nämlich eine böse Zeit. Sogar in den höheren Schulen wurde mit Haschisch und Kokain gedealt.

»Lotte, sorge dafür, dass deinen Jungen kein Gras unter den Füßen wächst. Halte sie zur Arbeit an. Suche für sie kleine Jobs, die sie gewissenhaft erfüllen können. Die Kinder sollen auch lernen, sich etwas Geld zu verdienen. Es ist nicht gut, wenn die Eltern sie finanziell zu sehr unterstützen. Kinder wissen den Wert der Arbeit und des Geldes viel mehr zu schätzen, wenn sie ihren Rücken krumm machen, ihre Hände und Füße bewegen und etwas Sinnvolles tun.«

Unsere vier Ältesten waren damals zwischen zwölf und sechzehn Jahre alt. Das war mir ein guter, hilfreicher Rat meines klugen und erfahrenen Vaters und in der Folgezeit setzte ich ihn in die Tat um. Zu den Arbeiten, die meine Tochter und meine Söhne verrichteten, gehörten Rasen mähen, Zeitungen austragen, Babysitting und Straße kehren bei den Nachbarn.

Der zweite Ratschlag meines Vaters betraf mich selbst. Er hatte nämlich bemerkt, wie sehr ich mich im Haushalt abrackerte. »Lotte, es ist nicht so wichtig, dass du deine Fenster und Möbel immer auf Hochglanz polierst. Wichtig ist, dass du dir Zeit nimmst für deine Kinder. Sie sind ein so wertvolles Gut, das uns anvertraut wird. Aber sie brauchen auch die Hingabe der Mutter. Ich weiß, dass du gerne auch berufstätig sein möchtest wie andere Frauen. Aber du leistest mehr, sogar viel mehr, wenn du dich voll für deine fünf Kinder einsetzt. Später, wenn sie aus dem Haus gegangen sind, wirst du sicher eine Möglichkeit finden, etwas zu tun, das dir besondere Freude macht.«

Vater hatte bei mir einen wunden Punkt berührt, denn nach meinem Theologiestudium war ich nie berufstätig gewesen, sondern sofort zur Hausfrau und Mutter *umfunktioniert* worden. In stillen Stunden bewegte mich schon die Frage, ob ich mir nicht eine Halbtagsstelle besorgen sollte, und so widerstrebte mir dieser Rat meines Vaters. Er schien es zu merken und gab sich Mühe, mir seine Meinung Schritt für Schritt darzulegen. Es sei nötig, dass meine Zeit ganz den Kindern gehörte, zumal mein Mann aus beruflichen Gründen sehr eingespannt und über viele Wochen gar nicht in Marburg war.

»Lotte, du glaubst gar nicht, wie schön es ist, wenn der Mann und die Kinder mittags zu Hause empfangen werden und das Essen schon auf dem Tisch steht.

Die erste Stunde nach Schulschluss ist für deine Trabanten überaus wichtig. Sie müssen die Möglichkeit haben, sich von der Seele zu reden, was sie Schönes erlebt haben und worüber sie sich geärgert haben.

Du musst ihnen auch eine Hilfe sein, wie sie ihre Freizeit gestalten sollen. Dazu ist es nötig, dass du jedes Kind genau beobachtest und darauf achtest, welche Gaben und Fähigkeiten es hat. Du wirst dann seine Neigungen in die rechte Bahn lenken können. Deine Söhne können ohne Ball nicht leben. Das ist mir aufgefallen. Sie haben immer entweder einen Tennisball oder einen Fußball in den Händen. Sport ist eine gute Sache! Fördere ihr Talent. Anne Ruth liebt die Musik. Lass sie zu einer guten Musikerin ausgebildet werden. Deine Kinder müssen nicht Medaillen und Lorbeerkränze nach Hause bringen, aber die Freude an der Bewegung, die Freude an den Teamkameraden, die Freude am sozialen Engagement und an der Musik und Kunst sind Erfahrungen, die sich nicht ersetzen lassen. Hierbei geht es nicht nur ums Gewinnen, auch das Verlieren muss eingeübt und verkraftet werden. Wer das nicht in seiner Jugend gelernt hat, wird im späteren Leben scheitern. Das sind bedeutsame Erfahrungen, die man nur im Kindesalter machen kann.

Lotte, erlaube den Kindern auch, Freunde mit nach Hause zu bringen. Sicher ist dies für dich oft auch anstrengend. Es herrscht dann noch mehr Durcheinander, als es so schon der Fall ist. Auf Ruhe kannst du nicht bedacht sein! Wer einmal zu einer großen Familie Ja gesagt hat, muss dann auch konsequent diesen Weg weitergehen. Freunde gehören in das Leben eines jeden Kindes. Wenn du die Kameraden im Haus freundlich aufnimmst, sie bewirtest, mit ihnen spielst, dann lernst du sie auch kennen und du kannst die Wahl der Freunde etwas dirigieren und die Weichen recht stellen. So gelingt es dir, deine Kinder vor schlechtem Einfluss zu bewahren.

Und noch etwas ist mir überaus wichtig. Weißt du

noch, Lotte, wie ich dir als Kind einmal zwei Kaninchen geschenkt habe, ein Weibchen und ein Männchen? Unser Knecht Stanislaus hat dir damals einen Stall gebaut und staunend standest du vor dem Gitter, als die Hasenmutter eines Tages Junge zur Welt gebracht hat. Sie waren noch vom Flaum in ihrem Nest bedeckt. Aber als sie die ersten Hopser im Stroh unternahmen, hast du dich mächtig gefreut. Zehn Junge waren geboren, grau gescheckte, wunderschöne Hasen. Sie waren dir aber nicht nur zur Freude geschenkt worden, sondern du musstest auch selbst für sie sorgen, sie mit Rüben, Hafer und Gras füttern. Zwei Jahre später habe ich dir dann eine richtig große Box im Hühnerstall eingerichtet, und du hast buchstäblich die Wahrheit des Sprichworts erfahren: Sie vermehren sich wie die Karnickel. Ich freue mich, dass euer Daniel im Garten ein Häschen hat! Lotte, glaube mir, der Beruf einer Mutter ist so vielseitig, wie kein anderer Beruf es sein kann. Im Grunde beneide ich dich. Vor dir liegen große, wunderbare Aufgaben. Ärgere dich bloß nicht, dass du nur Hausfrau bist.«

»Ja, Vater, du hast recht. Neulich musste ich sogar Tierarzt spielen, als Lisa Durchfall hatte. Ich sehe Daniel noch vor mir. Er war ganz entsetzt, als ich mir sein Häschen anschaute und etwas unbedacht vor mich hin sagte: ›Junge, das Tier wird wohl die Nacht nicht überleben. Es sieht ja schrecklich elend aus.‹ Daraufhin verschwand Daniel in seinem Zimmer, warf sich auf sein Bett und schluchzte herzzerreißend. Da merkte ich, was ich mit meinen unbesonnenen Worten angerichtet hatte. Ich habe dann so gehandelt, wie ich meine Kinder versorge, wenn sie Durchfall haben. Lisa wurde in die Küche geholt und dort habe ich ihr im Wännchen ein Lager gerichtet. Ich löste Kohletabletten in Tee auf und flößte sie Lisa mit einer Spritze ein. Ein geriebener Apfel und ein eingeweichter Zwieback taten dann noch ein Übriges, dass sich Lisa wieder erholte. Über Nacht ließ ich den Hasen im Wännchen in der Küche stehen, denn draußen war es bitterkalt. Als wir am andern Morgen zum Frühstück kamen, haben wir herzlich lachen müssen. Fröhlich und munter hopste das Tier über Tisch und Bänke. Überall hatte es seine Knüttelchen hinterlassen. Meine Küche glich einem Hasenstall. Mir hat der Schmutz aber nichts ausgemacht. Ich war froh, dass es dem Mümmelmann wieder besser ging! Am glücklichsten aber war Daniel. Seine Lisa war wieder gesund! Mit vereinten Kräften haben wir schnell alle Spuren beseitigt.«

»Ja, Tiere sind für Kinder sehr bedeutsam. Sie können zu Freunden werden.«

Lange habe ich mit Vater an diesem Nachmittag in der Sonne gesessen und habe mir seine Ratschläge gerne angehört. Mein Vater verstand mich. Er hat mir die Weichen neu gestellt und mein Denken geordnet. Ganz neu malte er mir das Geschenk der Kinder und die Verantwortung für sie vor Augen. Dafür bin ich meinem Vater dankbar. In den Trends und Strömungen unserer Zeit war es für mich wichtig, die rechte Orientierung zu finden. Seine Worte sind mir ein Vermächtnis.

Als es dann kühler wurde, traten wir den Heimweg an. Kurz darauf wurde mein Vater bettlägerig. Am 14. Mai 1977 wurde ich dann telefonisch informiert: Vater ginge es sehr schlecht. Als wir an sein Sterbebett traten, war er noch bei vollem Bewusstsein. »Lotte«, sagte er und nahm dabei meine Hand in die seine. Zum letzten Mal spürte ich seine warme Hand. »Wir hatten ein so schönes Familienleben. Wenn es nicht so schön gewesen wäre, fiele es mir nicht so schwer, von euch zu gehen.«

»Vater«, versuchte ich ihn zu trösten, »du gehst uns in die Ewigkeit voran, wir aber wollen am Glauben festhalten und auch dieses Ziel erreichen.«

Er nickte still. Er wusste, wovon ich sprach, denn ich hatte ihn in einem langen Brief gebeten, dass er sich Christus anvertrauen sollte. Jesus hat ja selbst die Bitterkeit des Todes erfahren müssen, als er für uns am Kreuz auf Golgatha starb. Und deshalb gibt es keine Lage, in der Jesus uns Menschen nicht verstehen könnte. Ich weiß, dass mein Vater sich an den Gottessohn geklammert hat. Er lebte von der Gewissheit, dass der Herr nicht im Grabe geblieben ist, sondern auferstanden ist, damit wir Menschen auch nicht im Tode bleiben müssen. Christus hat uns den Himmel erschlossen, und das ist Hoffnung angesichts der eigenen Endlichkeit.

In dieser Situation des 14. Mai konnte Vater nicht mehr viel sagen, denn die Atemnot machte das Reden zur Qual. Angst erfasste ihn. Als Zuspruch lasen wir

Verse aus dem 23. Psalm, und wie gewinnen solche Worte angesichts des Todes an Bedeutung: »Und ob ich schon wanderte im finsteren Tal, fürchte ich kein Unglück, denn du, Gott, bist bei mir.« Unter großer Anstrengung bat Vater, dass sich Mutter neben ihn setzen sollte. Er nahm sie noch einmal in den Arm und küsste sie. Dann aber faltete er seine Hände und betete: »Herr Jesus Christus, schenke Frieden und Eintracht in der Familie. Gib, dass Kinder und Enkelkinder auf deinen Wegen wandeln, und erbarme du dich über uns alle. Amen!«

Das waren Vaters letzte Worte. Sie sind mir ein Vermächtnis.

Ergriffen standen wir um sein Bett, bis der letzte Atemzug ausgehaucht war. Mir blieb nur der Dank gegenüber Gott, dass er mir einen solch liebevollen Vater gegeben hatte. Sein Leben war nun vollendet.

Fatima – die junge Perserin

Ein Taxi hielt vor unserem Haus und ein junges Mädchen entstieg dem Auto. Für vier Monate sollte diese Studentin bei uns wohnen und in einem Sprachkolleg Deutsch lernen. Recht hilflos stand die bildhübsche Perserin zwischen all ihren Gepäckstücken. Sie war zum ersten Mal in Deutschland. Was würde alles auf sie zukommen? Freundlich begrüßten wir sie auf Englisch. Ihr zuversichtliches Lächeln verriet, dass wir uns in dieser Sprache verständigen konnten.

Wir nahmen sie in unsere Familie auf und sie war uns dankbar dafür. Im Umgang mit unseren Kindern hatte sie viele Möglichkeiten, in das Geheimnis der deutschen Sprache einzudringen. Abends luden wir sie ein, uns zu begleiten, wenn wir Freunde besuchten oder einen Spaziergang machten. Sie war so in unserer Familie zu Hause, dass sie auch mit uns in die Gottesdienste ging. Eine englische Bibel half ihr, den Predigttext zu verstehen.

Es blieb nicht aus, dass sie uns viele Fragen stellte. Sie war Muslima und die Botschaft der Bibel war ihr verschlossen. Es machte mir sichtlich Freude, in ihr eine Gesprächspartnerin gefunden zu haben, die den Dingen auf den Grund ging und die Jesus kennenlernen wollte. Denn das hatte sie im Laufe der Zeit begriffen, dass die Person Jesus Christus für uns Mitte unseres Lebens war.

Sie war tief beeindruckt, aus dem Evangelium zu erfahren, mit welcher Liebe Jesus sich den Aussätzigen, den Blinden und den Hungernden zuwandte und wie er mit ihnen redete, sie anrührte, heilte und ihnen Brot gab. Sie war auch überrascht, als ich ihr erzählte, wie eng mein persönliches Leben mit diesem Jesus Christus verbunden ist, dass ich in ihm Geborgenheit und Vergebung meiner Schuld gefunden habe. »Er ist mein Herr, und mit ihm kann ich alle großen und kleinen Dinge besprechen«, erzählte ich ihr.

Für mich vergingen diese vier Monate des Zusammenlebens viel zu schnell. Ich hätte so gerne erlebt, dass sie auch in Christus Frieden gefunden hätte. So konnte ich sie nur mit meinen Gebeten an den neuen Studienort begleiten. Ein Afrikaner zog neu in ihr Zimmer ein.

Es waren ungefähr zwei Jahre vergangen, als mich eine Mitarbeiterin der Studentenmission besuchte. Sie erzählte mir von ihrem Erleben auf mancherlei Tagungen. Zum Schluss beteten wir noch zusammen. Plötzlich horchte ich auf, als sie in ihrem Gebet den Namen »Fatima« erwähnte. »Sag mal, heißt dieses Mädchen etwa Fatima . . .?«, und dabei nannte ich ihren für unsere Zunge nicht leicht auszusprechenden Nachnamen. »Ja«, antwortete mir die Reisesekretärin. »Kennst du sie etwa?« Und ob ich Fatima kannte! Ich erfuhr nun, dass Gott mit ihr zu seinem Ziel gekommen war. Auf einer Freizeit war sie in die Nachfolge Jesu getreten und hatte ihr Leben bewusst Christus anvertraut, und das erfüllte mich mit Freude und Staunen.

Nach einem Unfall erlebt

Ich schlendere langsam zum Bus, der mich in die Stadt bringen soll. Plötzlich entdecke ich auf der Kreuzung eine Menschenansammlung. Jetzt fällt mir wieder ein, vor ungefähr einer Stunde das Martinshorn gehört zu haben. In einiger Entfernung steht ein roter Audi 100 total verbeult auf einer Verkehrsinsel. Schon von Weitem sieht man auch als Laie, dass der Wagen Totalschaden hat und zu Schrott gefahren wurde. Die Straße ist mit Glassplittern übersät. Zwei Männer mühen sich mit einem Besen, das glitzernde Zeug zusammenzukehren.

»Ist jemand verletzt worden?«, frage ich bestürzt einen Passanten.

»Ja, die Fahrerin und ihr Sohn. Der Fünfjährige wurde durch die Heckscheibe auf die Straße geschleudert, als ein VW-Kombi die Vorfahrt nicht beachtete und mit voller Wucht auf den roten Audi stieß. Beide, Mutter und Kind, sind mit Blaulicht in die Klinik eingeliefert worden«, erzählt mir der Herr. Wie heftig muss der Aufprall gewesen sein, mit dem der Junge auf dem Asphalt aufgeschlagen ist, muss ich denken und schicke ein stilles Gebet zu Gott. »Herr, du kannst retten und heilen. Umgib jetzt das Kind und seine Mutter mit deiner Nähe und lass dieses Geschehen dazu dienen, dass Menschen in deine Lebensgemeinschaft gezogen werden.«

Bedrückt laufe ich zur Haltestelle weiter und komme

mit einem jungen Mädchen ins Gespräch, das auch von diesem Unfall sehr betroffen ist. Im Bus setzt es sich zu mir. »Es ist mir ein wichtiges Anliegen«, beginne ich das Gespräch, »jedes Mal, wenn ich das Martinshorn höre, für die Kranken oder Verletzten zu beten, dass Gott ihr Leben retten möchte und es den Ärzten gelingt, mit Weisheit und viel Geschick Wunden zu versorgen und Brüche zu operieren.«

»Sind Sie selbst in Ihrer Familie schon einmal in einen Unfall verwickelt worden?«, fragt mich mein Gegenüber. »Ja«, gebe ich zur Antwort, »meine Schwester wurde als Einzige lebend aus dem letzten Waggon eines Zuges geborgen, auf den eine Lokomotive in voller Fahrt auffuhr. Dreizehn Mitreisende waren tot. Ich weiß, wie schrecklich solche Unglücke sind. Mich schaudert es jedes Mal, wenn ich an einer Unfallstelle vorbeikomme. Es gibt Zeiten, da höre ich heute noch das Stöhnen und Schreien meiner Schwester, wenn die Ärzte die festgeklebten Verbände von den vor Eiter stinkenden Wunden lösten und neue anlegten. Aber ich habe auch in dieser schweren Zeit Gottes Macht erlebt. Er war mit seinem Trost und Zuspruch im Krankenzimmer. Zu ihm haben wir uns im Gebet gewandt, wenn alle menschliche Hilfe aussichtslos schien. Unser Rufen – ja manchmal war es auch unser Schreien – war nicht vergeblich. Gott hat meine Schwester am Leben erhalten, sie war ja auch noch so jung und hatte kleine Kinder. Für mich ist diese Heilung ein Wunder und ich bin Gott ungemein dankbar dafür.«

Meine Gesprächspartnerin hat still zugehört. »Ich beneide die Menschen«, gesteht sie mir ein, »die in solchen Situationen beten können, ja ich bewundere sie sogar.«

Jetzt werde ich hellwach. Vor mir sitzt ein junges Mädchen, in dem das Sehnen nach Gott aufgebrochen ist.

»Möchten Sie Christus kennenlernen?«, fragte ich behutsam. Das Mädchen nickt. »Jetzt sind Sie aber zu beneiden«, mache ich ihr Mut, »denn Christus ist auf der Suche nach Menschen, die sich nach ihm sehnen und mit ihm eine Lebensverbindung eingehen möchten. Er hat ein großes Interesse an Ihnen. Sie sind ihm nicht gleichgültig. Er will Ihr Herr sein.«

»Ach, wenn das so leicht wäre«, entgegnet mir meine Mitfahrerin. »Ich habe allerhand Bedenken. Mir sind schon Christen begegnet, die sehr egoistisch waren und die mich abgestoßen haben mit ihrer selbstgerechten und selbstsüchtigen Art. So wie diese möchte ich nicht werden. Sie haben mich maßlos enttäuscht.«

»Dem kann ich nichts entgegnen«, erwiderte ich ihr. »Ich weiß von mir selbst, wie oft Jesus Christus in meinem Reden und Tun nicht zum Zuge kommt und die Menschen durch mein schäbiges Verhalten abgestoßen werden. Das tut mir hinterher sehr leid und ich kann den Herrn nur bitten, dass er mir meine Schuld vergibt. Aber Sie sollten nicht in Ihrer Entscheidung bei Menschen stehen bleiben. Sie sollten Jesus selber kennenlernen in seinem Wort. Lesen Sie das Neue Testament. Dort sehen Sie Christus, wer er ist. Sie werden von ihm fasziniert sein, denn er ist wirklich der Sohn Gottes, der in seiner Liebe und Hingabe grenzenlos ist. Auch für Sie gab er sein Leben hin, damit sein Blut Sie mit Gott versöhnt und Sie Gottes Kind werden können. Vielleicht ist es für Sie eine Hilfe, wenn Sie in einem Kreis junger Christen miteinander die Bibel lesen und beten lernen. Darf ich meine Tochter bei Ihnen vorbeischicken, dass sie Sie in die Jugendstunde abholt?«

Das Mädchen zögert mit ihrer Antwort. »Wissen Sie, ich habe gerade mit dem Studium begonnen. Es stürmt so vieles auf mich ein. Ich weiß gar nicht, ob ich mir die Zeit dafür nehmen darf.« – »Die Frage nach Ihrer Beziehung zu Christus ist dringlich«, entgegne ich ihr. »Wir beide hätten dort im roten Audi 100 sitzen und tot sein können. Wie wären Sie dann Christus begegnet?«

»Ja, Sie haben recht«, kommt es ihr etwas stockend über die Lippen. »Ich will kommen. Mein Name ist Gabi Busch, und ich wohne im Holunderweg 10.«

»Gabi Busch«, wiederhole ich langsam, »dann sind Sie mir keine Unbekannte. Sie sind die Klassenkameradin meines Sohnes und auch meine Tochter kennt Sie. Das freut mich.«

Ich bin am Ziel meiner Fahrt angelangt und muss aussteigen. Dass Jesus auch mit Gabi Busch an sein Ziel kommt, darauf setze ich mein Vertrauen.

Seit jener Begegnung sind einige Wochen vergangen. Gabi ist der Einladung in den Jugendkreis gefolgt und besucht ihn fast regelmäßig. Darüber hinaus hat sich ein guter Kontakt zu meiner Tochter ergeben, die bewusst Christus nachfolgt.

An einem Nachmittag kommt Anne-Ruth ganz aufgeregt zu mir in die Küche. »Mutti, bete doch für mich. Gabi will mich besuchen. Ich glaube, sie will sich bekehren. Die Gespräche mit ihr waren in letzter Zeit sehr zentral. Es ging uns immer um Jesus und um sein Heil. Ich glaube, sie hat begriffen, wer Jesus ist.«

Bei einer Tasse Tee sitzen die beiden jungen Mädchen über der Bibel zusammen. Worüber sie sich unterhalten haben, mag ihr Geheimnis bleiben. Mir genügt, dass unsere Tochter mir zwei Stunden später freudestrahlend verkündet: »Mutti, Gabi hat's gepackt. Sie ist Christ geworden. Ich kann es noch gar nicht fassen.«

Es erübrigt sich zu erwähnen, welch tiefe Freude mich erfüllte. Gott hatte das kurze Zeugnis im Bus gebraucht, um einem Menschen den Anstoß zu geben, Gott zu suchen. Heute steht Gabi im Chor neben mir im Sopran und singt das Lob Gottes.

Meine beiden Leibwächter aus dem Sudan

Unser Auftrag in der Nachfolge lautet: »... machet zu Jüngern«, und es ist mir ein Anliegen, dass Gott mich mit solchen Menschen zusammenführt, denen ich ein Zeugnis für Christus sein kann durch mein Wort und durch mein Tun. So bete ich auch um die rechten Mitbewohner in unserem Haus. Wieder einmal erwarten wir neue Studenten von der Sprachschule. Ein Auto hält vor unserer Tür und ich bin gespannt, wer uns diesmal als Untermieter zugeteilt wird. Zwei Afrikaner steigen aus, baumlange Riesen von der Statur des ehemaligen Boxweltmeisters Mohammed Ali. Ich erschrecke ein wenig, lasse mir aber nichts anmerken und begrüße meine Gäste freundlich. »Frau Bormuth«, stellt mir der Direktor des Kollegs unsere Ausländer vor, »diese Herren sind hohe Polizeioffiziere im Rang eines Majors und eines Hauptmanns aus Khartum. Sie werden sechs Monate bei Ihnen wohnen, um erst einmal Deutsch zu lernen. Anschließend studieren sie an der Polizeischule Ballistik und Spurensicherung. Sie gehören zum Sicherheitsstab des Präsidenten aus dem Sudan.«

Mir schlottern die Knie, aber mit einem Scherz überspiele ich meine Angst. »Wie schön, dass Ihr Präsident Sie mir zu treuen Diensten als persönliche Leibwache ausgeliehen hat«, erkläre ich mit einem Lachen. »Kommen Sie erst einmal herein, wir trinken eine Tasse Tee und lernen uns näher kennen. Es ist mir eine große Ehre, solch hohe Würdenträger unter meinem Dach zu beherbergen. Nun kann ich mich unter ihrer Obhut so sicher fühlen wie die Queen in England.«

Die Offiziere lachen, nehmen am Tisch Platz und lassen es sich gut schmecken. Später führe ich die beiden in ihr Zimmer. Als ich einen Fleck auf dem Bettzeug entdecke und einen neuen Bezug holen will, ordnet Dagid, so heißt einer der Männer, im militärischen Ton an: »Frau Bormuth, ich befehle Ihnen, Sie bleiben hier!« Vor Schreck stehe ich fast stramm. Diese Afrikaner flößen mir Respekt ein. Ihre Größe und Statur erdrücken mich fast. Ich reiche ihnen gerade etwas über ihre Ellbogen.

Dagid und Said packen ihre Koffer aus. Als sie ihre Gebetsteppiche aufrollen, kann ich meine Enttäuschung kaum verbergen. Ich weiß, wie schwer es ist, Moslems in unsere Gottesdienste einzuladen. Aber ich stecke nicht auf. Am Abend wollen unsere beiden Freunde noch die Gegend ein wenig auskundschaften. In ihren weißen langen und wallenden Gewändern und hohen Seidenturbanen, die sie noch 30 cm größer machen, sehen sie aus wie Gestalten aus Tausendundeinernacht.

Ich schließe mich ihnen auf ihrem Spaziergang an und ich versuche, in einfachen Sätzen mit ihnen Deutsch zu lernen. »Das ist ein Haus, das ist ein Auto, das ist ein Kind«, lernen sie. Die Blicke der Vorübergehenden folgen uns. Wir sind für unsere Stadt eine richtige Attraktion und meine beiden Begleiter genießen es sichtlich, Mittelpunkt zu sein. Ich merke das und komme auf eine gute Idee. »Dagid und Said, Sie sehen, wie die Menschen Sie bewundern. Am kommenden Sonntag haben wir ein großes Jugendtreffen in unserer Stadt. Über zweitausend junge Menschen werden anwesend sein. Wollen Sie mir nicht die Freude machen und mich begleiten? Sie können Kontakte knüpfen und Freunde gewinnen. Ihre schöne weiße Nationaltracht und Ihre Turbane werden viele Bewunderer finden.«

So fahren wir am Pfingstsonntag gemeinsam zum Gottesdienst. Es ist fast, als käme der König von Saudi-Arabien persönlich. Von allen Seiten höre ich das »Klick«, und die Männer stellen sich mit einem breiten Lächeln auf dem Gesicht den Kameras.

Während des Gottesdienstes höre ich plötzlich, wie der Pfarrer sagt: »Frau Bormuth möchte doch bitte mit ihren Besuchern auf das Podium kommen.« Die jungen Leute klatschen und Said und Dagid winken in die Menge, bis wir vorne erscheinen. Es wird ihnen erlaubt, einige Worte des Grußes an die Festversammlung zu richten, die ich übersetze. Auch die Predigt dolmetschen ihnen mein Mann und ich ins Englische. Im Stillen freut es mich, diese Moslems mit der Botschaft des Neuen Testaments bekannt zu machen. Gott hat mein zaghaftes Gebet erhört.

Das gibt mir Mut, sie auch am darauffolgenden Sonntag in unsere Gemeinde mitzunehmen. Außerdem ergeben sich im persönlichen Gespräch manche Möglichkeiten, ihnen zu erzählen, was Jesus Christus mir bedeutet. Ich kaufe ihnen auch zwei Neue Testamente in Arabisch, christliche Schallplatten und Traktate. Es entwickelt sich ein herzlicher Kontakt. Ich biete ihnen an, die Wäsche zu waschen und lade sie zum Reisessen ein. Die beiden Sudanesen machen sich einen Heidenspaß daraus, uns mit ihren Gewürzen zu beglücken. Manchmal meine ich nach »solch einem Essen« fast sterben zu müssen, so scharf brennt der Pfeffer in meiner Kehle. Da hilft dann nur noch kaltes Wasser.

Ich habe viel Hoffnung für diese beiden Moslems, dass Gott ihnen das Heil in Christus erschließt. Aber nach einiger Zeit erlebe ich eine herbe Enttäuschung. Der Chef unserer beiden Polizeioffiziere quartiert die beiden Männer aus. Der Kontakt zu uns Christen wird somit unterbunden. Auch meine beiden »Leibwächter« sind bekümmert. Nach zwei Tagen erscheint Dagid noch einmal mit einem großen Strauß roter Rosen. Ich frage ihn: »Dagid, wie geht es Ihnen?« Er antwortet mir: »Wenn du wissen willst, wie es mir geht, dann schau meine Augen an, wie traurig sie sind. Ich habe keine Hausfrau, die mit mir spricht, und keine Post von der Familie.«

Ich empfinde ein Stück die Einsamkeit dieses Mannes mit und leide zugleich darunter, dass mein Missionsauftrag an diesen beiden Afrikanern jäh abgebrochen wurde. Ich hatte viel Hoffnung und Vertrauen in Gottes

Wirken, weil unsere Freunde bereitwillig mit uns die Gottesdienste besuchten. Nun jedoch bleibt mir nur noch das Gebet.

Aber steht unser Gebet nicht unter der Verheißung, dass Gott es hört und zu seiner Stunde auch erhört? So hefte ich mir an meinen Kleiderschrank neben meinem Bett einen kleinen Zettel mit diesen beiden Namen. Und meine Bitte zum Herrn ist: »Mach mich treu und beharrlich in meinem Beten.« Mein kümmerliches, schwaches Zeugnis darf in der Gewissheit geschehen, Gottes Wort kommt nie leer zurück. Die ausgestreute Saat wächst. Das hat Gott selbst versprochen. Und er steht zu seinem Wort.

Nur ein halber Liter Milch

Es war im Juni 1947. Glühend heiß schien die Sonne schon tagelang vom Himmel. Heutzutage hätte sich jeder Urlauber solch einen Bilderbuchsommer gewünscht. Uns aber versetzte diese Hitze in Schrecken. Es war die Zeit, in der die Lebensmittel noch rationiert waren.

Nur Kinder und werdende Mütter kamen in den Genuss von Milch. Aber wenn wir in den Laden kamen, um das kostbare Gut in unser Kännchen füllen zu lassen, war es zumeist schon sauer. Sieben Säuglinge erkrankten an Ernährungsstörungen und wurden vom Tode dahingerafft. In dem kleinen Dorf an der Zonengrenze reihte sich ein Grabhügel an den andern.

Wir hatten auch ein Geschwisterchen, gerade ein halbes Jahr alt, und waren natürlich von Panik ergriffen. Das war umso begreiflicher, als wir schon einmal eine kleine Schwester verloren hatten: Auf der Flucht Anfang 1945 hatte meine Mutter ein Kind geboren und die Freude war bei uns groß gewesen, als endlich nach bangem Warten und Hoffen der kleine Erdenbürger trotz notvoller Umstände das Licht der Welt erblickt hatte.

Wie entsetzt waren wir aber, als wir zusehen mussten, wie die Kleine verhungerte, weil meine Mutter sie nicht stillen konnte. Im Harz betteten wir sie in ein selbst ausgehobenes Grab und pflanzten ein Tännchen darauf.

Die Angst, ein zweites Mal ein Geschwisterchen verlieren zu müssen, weil wir keine Milch hatten, trieb mich um. Sie machte mich aber zugleich auch erfinderisch. Jeden Abend schlich ich mich zu einem anderen Bauern und bettelte. Es war ja verboten, Milch unter der Hand zu verkaufen.

Auf dem Weg zu den Bauernhöfen betete ich in kindlicher Einfalt: »Lieber Gott, gib mir Milch für unsere kleine Lilli und lass sie nicht sterben.« Wohl zwanzigmal stammelte ich diesen Satz aus Angst, Gott könnte mich vielleicht nicht hören. Wenn dann mein Kännchen gefüllt war, musste ich aufpassen, dass ich auf dem Nachhauseweg nicht stolperte und alles verschüttete, weil ich vor Freude hüpfte und sprang. Diese Erfahrung mit Gott hat mich ungemein froh gemacht.

Wenn ich heute für unsere große Familie einen Karton Milch kaufe, bin ich oft sehr bewegt, denn ich kann nicht anders, ich muss an den halben Liter Milch zurückdenken, der unserer kleinen Lilli das Leben rettete. Ich habe aber auch die Bauern vor Augen, die es nicht übers Herz brachten, ein bettelndes Flüchtlingskind mit leerer Kanne fortzuschicken; und ich muss Gott danken, der sich in der Not und Bedrängnis als Helfer erwiesen und meine Gebete erhört hat.

… auch einen Selbstmord?

Plötzlich – es begann bereits zu dunkeln – klingelte das Telefon: »Frau Bormuth, kann ich Sie noch besuchen kommen?« – »Aber natürlich, Claudia, setzen Sie sich ans Steuer, ich warte auf Sie.«

Eineinhalb Stunden später hielt der grüne Renault vor unserem Haus. »Ich habe heute Geburtstag«, begrüßte mich mein Gast, »und diesen Tag wollte ich gerne mit Ihnen feiern. Heute Nachmittag waren meine Freunde und meine Eltern schon zum Kaffeetrinken bei mir, aber den Abend habe ich für Sie reserviert.«

So saßen wir im Schein der Lampe und erzählten von dem, was Gott im Leben von Claudia getan hatte. Ein bewegtes Jahr mit dramatischen Ereignissen lag hinter ihr. Im Rückblick konnte sie nur staunen, wie wunderbar Gott ihr Leben erhalten und geführt hatte.

Unser Kontakt zu ihr hatte mit einem aufregenden Telefongespräch begonnen. »Vergibt Gott alle Schuld?«, war ihre Frage gewesen. »Auch einen Selbstmord?«

Grenzenlose Einsamkeit, tiefe Depressionen und quälende Minderwertigkeitskomplexe verbargen sich hinter diesem Anruf. Äußerlich hatte das Mädchen alles, was sich ein junger Mensch nur wünschen kann: einen eigenen Wagen, eine Zweizimmerwohnung, eine gute Stelle als Chefsekretärin bei einer Bank. Aber innerlich empfand sie gähnende Leere und Hoffnungslosigkeit.

»Mehrere Röhrchen Schlaftabletten liegen vor mir. Bis der neue Tag anbricht, muss es geschehen sein. Ich kann nicht mehr weiterleben und ich will auch nicht mehr«, kam es ihr resigniert über die Lippen. Leise, kummervoll und verzagt klang ihre Stimme.

Da sie ihre Adresse nicht preisgab und nur ihren Vornamen nannte, waren uns die Hände gebunden. Wir konnten nicht eingreifen. Mein Mann versuchte, die junge Dame am Telefon in ein langes Gespräch zu verwickeln, um herauszufinden, wer sich hinter diesem verzweifelten Anruf verbarg. Es gelang ihm, sie so lange hinzuhalten, bis die Vögel in der Frühe zu singen begannen und die Sonne ihre ersten Strahlen durchblicken ließ.

»Sehen Sie«, ermutigte mein Mann die Lebensmüde, »ein neuer Tag hat schon begonnen, und in ihm liegt eine neue Chance für Sie. Werfen Sie die Tabletten weg, Ihr Leben ist wertvoll. Jetzt ist es fünf Uhr morgens, rufen Sie mich um acht Uhr wieder an. Ich muss wissen, dass Sie meinen Rat befolgt haben.«

Claudia ließ sich zu diesem Schritt überreden. Das war der erste Kontakt mit ihr. Sie sah sich außerstande, den Herausforderungen des Lebens zu begegnen. Sie wollte aus dieser Welt fliehen und sah nur noch im Selbstmord einen Ausweg.

Es folgten Wochen, in denen das junge Mädchen stark angefochten wurde. Der Tod übte eine magische Anziehungskraft auf sie aus. In regelmäßigen Abständen rief Claudia immer wieder bei uns an, um über den heißen Draht ihre Verzweiflung loszuwerden. Im stillen Hinhören versuchten wir, uns ein Bild von unserem unsichtbaren Gegenüber zu machen. Wir wollten herausfinden: Wer ist die junge Dame und wo wohnt sie?

Aber dieses Geheimnis hielt sie wie einen Raub fest. Ein Stück Trotz mischte sich in ihre Niedergeschlagenheit mit ein und das machte es uns schwer, ihr zu helfen. Uns blieb nur das Gebet. Aber ist dies nicht die stärkste Waffe gegen den Widersacher Gottes, der ein junges Leben zerstören will?

Einmal gelang es uns sogar, ihr über eine Deckadresse ein Buch zu schicken. Es sollte ihr bei der Bewältigung ihrer Probleme helfen. Ein dankbarer Brief, dass das Päckchen seinen Empfänger erreicht hatte, folgte – aber leider ohne Absender.

Es waren aufregende, spannungsreiche Tage, in die unsere Familie hineingezogen wurde. Eines Nachts spitzte sich die Lage zu. Wieder läutete das Telefon. »Ich kann nicht mehr«, klang es kaum vernehmlich. »Die Decke fällt mir über dem Kopf zusammen. Jetzt schluck ich die Tabletten.«

»Claudia, tun Sie das nicht. Sagen Sie uns Ihren Namen und Ihre Adresse, wir holen Sie ab.«

»Nein, nein, meinen Namen sag ich nicht.«

»Rufen Sie ein Taxi und lassen Sie sich zu uns bringen« (Geld spielte bei dem Mädchen aus reichem Hause keine Rolle). »Sie können bei uns über Nacht bleiben. Wir versprechen Ihnen, dass wir nicht in Sie dringen.«

»Ja, vielleicht.« Müde und fast tonlos verklang die

Stimme, dann legte sie den Hörer auf. Voller Bangigkeit warteten wir eine Stunde, zwei Stunden. Inzwischen hatte ich ein Bett im Wohnzimmer gerichtet. Doch vergeblich lauschten wir auf das Motorengeräusch des Taxis. Wir wurden unruhig, fragten Gott, was wir in dieser Lage tun sollten, und alarmierten schließlich die Polizei.

Aus den wenigen Anhaltspunkten, die sich im Laufe der Gespräche ergeben hatten, fügten wir Stück um Stück zusammen. Claudias Vater war Unternehmer. Er beschäftigte 250 Arbeiter in einer mittelgroßen Stadt, ungefähr neunzig Autominuten von uns entfernt. Außerdem hatte sie noch ihren 19-jährigen Bruder Claus erwähnt.

Wir durchblätterten die Branchenverzeichnisse, weckten in dieser Nacht eine Reihe von Firmenchefs aus ihrem Schlaf und fragten immer wieder nach Claudia. Die Polizei schickte mehrere Streifen in der von uns vermuteten Stadt los. Claudias Leben stand auf dem Spiel. Aber alle Bemühungen waren vergeblich.

Schließlich wurden wir an die Deckadresse erinnert. Aber wo steckte nur der kleine braune Zettel? Ich suchte so lange, bis ich ihn endlich in einer Schublade des Schreibtisches fand, und teilte sie dem diensttuenden Beamten mit. Würde uns das auf die Spur bringen?

Gegen fünf Uhr früh rief der Polizist an. Aufgrund der Deckadresse war Claudia von einer Streife ausfindig gemacht worden. Völlig benommen vom Gift der

Tabletten hatten sie das Mädchen gefunden. Claudia wurde gerettet.

Als ich mich gegen Morgen noch eine Stunde ins Bett legte, war an Schlafen nicht zu denken. Zu groß waren die innere Anspannung und die Freude. Gott hatte unser Rufen erhört.

Ein paar Tage später meldete sich Claudia wieder übers Telefon. Diesmal mit vollem Namen. Sie war verärgert und schimpfte in den Hörer hinein. »Warum sind Sie in meine Intimsphäre eingebrochen? Warum haben Sie mich nicht sterben lassen?«, reagierte sie heftig.

Gott ließ mich ruhig und gelassen ihre Vorwürfe anhören. Dann aber machte ich ihr unmissverständlich klar, dass wir gar nicht anders hätten handeln können. Kein Mensch hat das Recht, über sein Leben nach eigenem Gutdünken zu verfügen. Es kommt von Gott und er allein will über unsere Todesstunde entscheiden. Gleichzeitig lud ich sie freundlich ein, uns zu besuchen.

Claudia kam, sie zitterte am ganzen Körper, schaute ängstlich und verschüchtert hin und her. Ich musste das Mädchen in die Arme schließen. »Wie lange habe ich auf diesen Augenblick gewartet, Claudia«, drückte ich sie an mich. »Ich habe Sie sehr lieb.« Es ist erstaunlich, wie Gott durch das Gebet und die Fürsorge für einen Menschen Liebe wirkt, ohne dass man ihn kennt.

Wir saßen lange beieinander. Es wurde nicht viel gesprochen, aber die wenigen Worte waren inhaltsschwer und wesentlich. Sie halfen dem Mädchen, langsam das

Ja zu sich selbst zu finden. Ich schenkte ihr auch ein Neues Testament. Zum Schluss fragte ich sie noch, ob ich noch beten dürfte. Sie nickte. So dankte ich Gott für die Rettung und befahl Claudia neu der Führung und Bewahrung Gottes an.

Kaum hatte ich das Amen gesagt, da fing Claudia stockend und stammelnd zu beten an. »Lieber Vater im Himmel, ich danke dir, dass ich dir nicht gleichgültig bin. Du hast mich lieb und hast mir Menschen geschenkt, die sich um mich kümmern. Halt mich fest bei dir.«

Ich war bewegt. Dieses Rufen zu Gott kam aus der Tiefe. Hat Gott nicht versprochen: *»Wer zu mir kommt, den werde ich nicht hinausstoßen«?* An diese Verheißung klammerte ich mich.

Seit dieser ersten persönlichen Begegnung ist der Kontakt zu Claudia immer enger geworden. In ihrer Freizeit war sie gern bei uns. Wir versuchten, sie mit hineinzunehmen in unsere Familie, und luden sie zu den gottesdienstlichen Veranstaltungen ein.

Es gab noch manches Auf und Ab. Depressionen überfielen sie und stürzten sie in die Finsternis. Abgrundtief war dann die Verzweiflung. Manchmal saß ich ganze Nächte bei ihr, um ihr über das Dunkel in ihrer Seele hinwegzuhelfen. Herzliche Liebe, Gottes Wort und das Gebet wurden zu wirkungsvollen Kräften. Langsam, aber stetig festigte sich ihr Gemütszustand. Sie machte die Erfahrung, dass sie von Gott gehalten wurde. In ihm war sie geborgen.

Ich weiß nicht mehr, wie lange wir an diesem Abend beieinandersaßen und Rückschau hielten. Es war eine eigenartige Geburtstagsfeier, ohne Sahnetörtchen und Schwarzwälderkirsch. Aber wir empfanden beide die Gegenwart des Herrn Jesus. Ist es da verwunderlich, dass wir ihm herzlich dafür dankten? Es gibt Stunden, die lassen uns ahnen, wie schön es einmal in der neuen Welt Gottes sein wird, und daraus schöpfen wir Mut, den Widerwärtigkeiten, Anfechtungen und Bedrängnissen in unserer gefallenen Welt zu begegnen.

Ob die Type wohl spielen kann?

Anne fährt von einer Familienfeier mit dem Zug nach Hause zurück. Sie ist nach dem schönen, aber anstrengenden Tag todmüde und freut sich, dass sie ein leeres Abteil gefunden hat. Sie zieht die Sitzkissen heraus, hüllt sich in ihren Mantel und versucht, beim eintönigen Geratter der Räder einzunicken.

Aber die Ruhe dauert nicht lange. Schon an der nächsten Station kommen einige Bundeswehrsoldaten zu ihr ins Abteil. Sie tragen Kassettenrecorder und Kofferradios unter dem Arm. Von allen Seiten tönen ihr nun die neuesten Hits entgegen. Rauchwolken ziehen durchs Abteil, obwohl an der Tür deutlich das Zeichen »Nichtraucher« zu lesen ist.

In Anne kocht es. Am liebsten würde sie die wilde Horde hinauswerfen, aber sie bleibt ruhig und hofft, dass die Burschen möglichst bald wieder aussteigen.

Nach einer Weile wird es stiller. Einer der Soldaten hat im Gepäcknetz Annes Gitarre entdeckt und gibt seinem Kameraden einen Rippenstoß: »Ob die Type wohl spielen kann?«

»Frag sie doch«, meinte der andere.

»Ne, frag du sie!«

Schließlich rafft sich einer auf und bittet Anne: »Greif doch mal in die Saiten und lass uns einen Song hören.«

»Seid ihr sicher?«, wendet Anne ein. »Die Lieder, die ich spiele, sind vermutlich nicht nach eurem Geschmack. Ich bin Christ, und das wirkt sich auch auf die Auswahl meiner Lieder aus.«

»Ach, sing nur, wir hören schon zu«, drängen die jungen Männer.

Da erkennt Anne die Gelegenheit. Sie holt die Gitarre aus dem Gepäcknetz und beginnt ein Lied nach dem anderen zu singen. Kassettenrecorder und Kofferradios sind verstummt.

Die jungen Männer hören die Texte und also auch ihre Aussage: »Heute will dich Jesus fragen: Bist du ganz für mich bereit? Du verlierst dich sonst im Jagen nach den Gütern dieser Zeit. Wag es mit Jesus, was deine Not auch sei, wag es mit Jesus, er macht dich frei.«

Am nächsten Bahnhof steigen drei Soldaten aus. Mit den beiden Zurückgebliebenen kommt Anne ins Gespräch.

»Sag mal, wie kommt es, dass du fromm bist?« Diese Frage beschäftigt die jungen Männer. Anne erzählt, wie sie Christus ihr Leben anvertraut hat.

»Ich bin froh, dass er immer bei mir ist, dass ich alles mit ihm besprechen kann. Neulich habe ich etwas Tolles erlebt, das hat mich einfach umgehauen.

Ich studiere Mathematik. Als ich mit einer Aufgabe überhaupt nicht zurande kam, sprach ich mit Jesus darüber. Ich war selbst überrascht, dass er sogar etwas von Mathematik versteht. Nach kurzem Überlegen hat er mir auf die Sprünge geholfen. Ich wusste, wie ich den

Beweis zu führen hatte. Das hat mir Mut gemacht, Jesus in alle Belange meines Lebens einzubeziehen.«

Aufmerksam hören die Soldaten zu. Sie beginnen zu begreifen, dass sie hier mit einer großartigen Sache konfrontiert werden.

Anne merkt es und geht darauf ein. Sie zieht ein kleines Heft aus der Tasche, in dem anhand von vier geistlichen Gesetzen der Plan Gottes zur Errettung des Menschen erläutert wird. Punkt für Punkt spricht sie die einzelnen Heilstatsachen mit den Soldaten durch. Die beiden jungen Männer beginnen zu staunen, dass Gott in Jesus einen Weg gefunden hat, unsere Schuld aus dem Weg zu räumen, und uns in die Gemeinschaft mit Gott einlädt.

»Übrigens habt ihr doch sicher zu Hause noch irgendwo ein Neues Testament verstaubt im Regel stehen«, ermuntert Anne ihre Reisegefährten. »Es lohnt sich, darin Jesus kennenzulernen. Mir ist es das liebste Buch geworden.«

Einer von ihnen nickt. »Na, dann will ich die Bibel mal wieder hervorholen. Ich möchte herausfinden, was hinter einer Person steckt, die Menschen wie dich so faszinieren kann.«

Der Zug nähert sich Kassel. Am nächsten Bahnhof steigen die beiden jungen Männer aus.

Anne bleibt allein zurück. Nachdenklich lehnt sie sich in die Polster ihres Fensterplatzes. Nun könnte sie schlafen. Aber Erregung und Freude sind zu groß. Sie schaut in die Nacht hinaus und dankt Gott.

Als sie spätabends, todmüde, aber überglücklich nach Hause kommt, sprudelt es nur so aus ihr heraus: »Mutter, ich bin ja so froh, dass ich nicht gemault und mich beim Schaffner beschwert habe, als die jungen Männer in mein Abteil stürmten. Ich hätte mir eine tolle Gelegenheit, von Jesus zu reden, total vermasselt.«

Was habe ich aus meinem Leben gemacht

Ja, was habe ich mit meinem Leben gemacht? Diese wichtige Frage stelle ich mir selbst, wenn ich durch dieses eindrucksvolle Werk erinnert werde, dass ich mich einmal vor meinem himmlischen Richter verantworten muss. Soll ich vor ihm aufzählen, dass ich fünf Kinder geboren, über 50.000 Stoffwindeln gewaschen, ein Haus gebaut und 39-mal den Garten umgegraben habe, sodass mir heute die Knochen wehtun? Ist es genug, dass ich versuchte, mit meiner Schwiegermutter, der Nachbarin und mit den Lehrern meiner Kinder ausgesöhnt zu leben? Gerade das Letztere ist mir besonders schwergefallen, weil ich einmal dabei zusehen musste, wie eine Lehrerin meinen Sohn einfach links liegen ließ und ihn schulisch überhaupt nicht förderte. Wird es mir angerechnet, dass ich den Bruder von der Landstraße in unsere Familie aufnahm und ihm ein Dach über den Kopf gab? Seit sieben Jahre wohnt nun dieser Mann in unserm Haus und geht heute einer geregelten Arbeit nach. Ist das nicht eine gute Tat, die vor Gott gelten müsste?

Müsste ich um der Wahrheit willen nicht auch aufzählen, wo ich in meinem Tun gescheitert bin? Als ich nur ein wenig darüber nachdachte, wurde die Liste der

Verfehlungen immer länger, sodass mir graute. Wie konnte ich meinem Jungen einen Klaps auf den Po geben, als er jede Nacht weinte. Ich dachte, der kleine Kerl will nur in mein Bett, und deshalb heult er. Ich übersah dabei, dass das Kind Schmerzen hatte, denn am nächsten Morgen floss der Eiter aus seinem Ohr. Ich hätte darüber am liebsten im Erdboden versinken mögen, so niedergeschlagen war ich über mein Versagen.

Oder ich werde an eine alleinerziehende Mutter erinnert. Ich wusste, sie steckt in einer schweren Krise und leidet an einer Depression. Ich hätte sie unbedingt besuchen sollen, aber ich wollte erst die letzten Seiten meines Buches fertig schreiben. Vierzehn Tage später las ich dann ihre Todesanzeige in der Zeitung: »Meine liebe Mami ist von mir gegangen! Jessika.«

Diesen Selbstmord hätte ich vielleicht verhindern können. Noch heute quäle ich mich in meiner Seele, wenn ich an Jessikas Mutti erinnert werde.

Ich will nicht länger mein Versagen und meine Versäumnisse aufzählen. Sie sind doch nicht wiedergutzumachen. Vor Gott kann ich nicht bestehen. Es ist töricht zu meinen, man könne gute Taten gegen böse aufrechnen. Mir geht es wie einem kleinen Jungen aus dem Heim für geistig beeinträchtigte Kinder in Bethel. Nach einem heftigen Krampfanfall fragte er: »Pastor Bodelschwingh, muss ich mich ganz arg vor dem lieben Gott fürchten, wenn ich einmal vor ihm stehe?« Friedrich von Bodelschwingh, der gütige und kluge Leiter dieser großen Anstalt, antwortete ihm: »Ja, Bruno, wir müssen uns schon vor ihm fürchten, denn er muss sehr zornig über uns sein. Aber dann kommt Jesus zu dir, den du so lieb hast und dem du dein Leben anvertraut hast, fasst dich bei der Hand und führt dich geradewegs in die neue Welt Gottes hinein. Alle deine Sünden rechnet er dir nicht zu, denn er hat am Kreuz auf Golgatha sein Leben geopfert, damit du mit dem Vater im Himmel ausgesöhnt bist. Die Strafe, die wir verdient hätten, hat er, der Gottessohn, auf sich genommen, und wir gehen frei aus. Wie heißt es in der Bibel: ›Die Strafe liegt auf ihm, auf dass wir Frieden hätten, und durch seine Wunden sind wir geheilt‹? Bruno, klammere dich ganz fest an Jesus. Er ist einzigartig. Ihm darfst du dich anvertrauen. Seine Liebe bringt dich in den Himmel!«

Und so bringe ich Gott mein Versagen und nehme seine Vergebung an. Und weiß, dass nicht ich diejenige bin, die etwas aus ihrem Leben macht, sondern der großartige Gott selbst, an den ich von ganzem Herzen glaube.

Eine kleine Geschichte zum Schmunzeln

Ich war zu Vorträgen unterwegs und von Pfarrersleuten sehr herzlich aufgenommen worden. Sie versuchten mich zu verwöhnen, wo es nur ging. Abends saßen wir noch ein Weilchen zusammen und die Pfarrfrau ließ es sich nicht nehmen, Saft, Pralinen, Obst und Salzgebäck aufzutischen. Auch beim Mittagessen wollte sie mir immer das größte Stück Fleisch auf den Teller legen und beim Nachtisch fiel meine Portion immer reichlicher aus als die der Kinder. So musste ich oft abwehren und »Nein, danke!« sagen. Sie meinte es wirklich zu gut mit mir!

Bei der Übernachtung hatte sie Bedenken, ob ich denn auf der Couch auch gut schlafen könnte und mich nicht vom Lärm der vorüberfahrenden Laster stören ließe. Das Pfarrhaus stand nämlich direkt an einer viel befahrenen Bundesstraße. Ich konnte ihr versichern: »Alles ist bestens, ich schlafe wie ein Murmeltier. Wenn man wie ich manchmal in der Woche in vier oder fünf verschiedenen Betten schläft, gewöhnt man sich an harte oder weiche Matratzen, an lange oder kurze Betten, an lauten Verkehr oder an die Stille der Gegend. Mich stört noch nicht einmal das laute Schlagen der Kirchenuhr. Ich bin mit dem Quartier hier bestens zufrieden. Was mich in Schrecken versetzen könnte, wäre eine Maus, aber die habe ich bei Ihnen hier nicht gefunden.«

Nun wollte der Pfarrer lobend erwähnen, wie anspruchslos und bescheiden ich sei, und verkündigte vor versammelter Gemeinde: »Frau Bormuth kann tüchtig essen und gut schlafen!« Natürlich folgte ein schallendes Lachen. Im Stillen hoffte ich aber, meine Zuhörerinnen würden diesen Satz recht einzuordnen wissen, denn ich war doch zum Arbeiten gekommen und nicht nur, um gut zu essen und zu schlafen.

Aber vielleicht war es gar nicht so verkehrt, dies zu erwähnen, denn in meinen Ohren klang ein Satz des Apostels Paulus auf. So schreibt er an die Philipper: »So nehmt ihn [Timotheus] nun auf in dem Herrn mit allen Freuden und haltet solche Leute in Ehren.« Und an einer anderen Stelle der Bibel im fünften Buch Mose, Kapitel 25, heißt es: »Man soll dem Ochsen, der da drischt, nicht das Maul verbinden.«

Wie viel wunderbare Gastfreundschaft darf ich auf meinen Vortragsreisen genießen und weiß sie hoch einzuschätzen. Da liegt manchmal ein Stück Schokolade auf dem Kissen. In der Schweiz stellte eine ältere Dame mir ihr Schlafzimmer zur Verfügung und sie schlief auf einem Gästebett in einer Kammer. Noch nie hatte ich in einem solch vornehmen Zimmer geschlafen. Die Wände waren mit Tapeten aus Seide ausgestattet. In Zschorlau nächtigte ich bei einer Christin, die mir ihr Duschgel und sogar ihr Parfüm bereitstellte, das sie selbst von Freunden gerade erst noch vor der Wende geschenkt bekommen hatte. Sogar eine Wärmflasche fand ich unter den Kissen und Hausschuhe waren unter dem Bett für mich bereitgestellt. In Frankfurt malten die Kinder meiner Gastfamilie mir ein Bild und legten es mir auf die Daunendecke und in Meran waren meine Koffer bleischwer, denn sie waren mit herrlich roten Äpfeln gefüllt, als ich die Heimreise antrat. In Hameln putzte mir ein Prediger die Schuhe – sie waren total mit Lehm beschmutzt, sodass ich mich schämte, mit solch dreckigen Stiefeln das Haus zu betreten. Ich will hier abbrechen, die vielen Wohltaten aufzuzählen. Seite um Seite könnte ich füllen.

Ich staune immer wieder, mit wie viel Herzlichkeit und Liebe die Menschen mich aufnehmen. So wünsche ich mir nur, dass der tiefe Schlaf und der gute Appetit mir noch lange erhalten bleiben und ich Kraft verspüre, damit ich das Evangelium ausbreiten kann. Eine Selbstverständlichkeit sind mir solche Liebesbeweise aber nicht. So kann ich nur dankbaren Herzens all der Menschen gedenken, in deren Häusern ich so herzlich aufgenommen wurde. Gott selber möge es ihnen vergelten. Ich wünsche mir nur, dass viele meiner Wohltäter diese Zeilen lesen können.

Hätte ich bloß nicht …

Ein junger Schreinermeister klingelt an unserer Haustür und will mit mir reden. »Ich bin fertig, total fertig. Mein Vater ist gestorben, ganz plötzlich. Keiner hat mit seinem Tod gerechnet. Er hat ja noch seinen Hof bewirtschaftet und war gerade erst achtundfünfzig Jahre alt. Das ist doch kein Alter zum Sterben, wo die Menschen heute fünfundachtzig und neunzig Jahre alt werden. Morgens fuhr er mit seinem Auto zu seinem Bruder und plötzlich bog er in eine Nebenstraße ein und blieb vor einem Geschäftshaushalt stehen. Eine junge Lehrerin sah ihn, wie er über dem Steuerrad hing, und sie benachrichtigte den Notarzt. Er war ohnmächtig und muss einen Zuckerschock erlitten haben. Mit Blaulicht wurde er noch in die Klinik gebracht. Ich wurde sofort über seinen kritischen Zustand informiert und fuhr zu ihm. Er lag im Koma. Ich traf ihn noch lebend an, aber aus seiner Bewusstlosigkeit ist er nicht mehr erwacht. Zwei Stunden später war er tot.

Wie mir zumute ist, das kann ich Ihnen gar nicht beschreiben. Ich fühle mich todunglücklich. Seit einem Dreivierteljahr haben wir kein einziges Wort mehr miteinander geredet, und jetzt ist er tot. Zwischen uns hatte es eine heftige Auseinandersetzung gegeben. Ich brauchte für meine Schreinerei mehr Platz. Meine Firma erlebte einen Boom, um den mich Geschäftsfreunde beneideten. In unserm Dorf und auch in den Nachbarorten wurde viel gebaut und ich durfte Fenster und Türen und Küchen liefern. Ich kam mit der Arbeit fast nicht nach.

So bat ich meinen Vater, ob er mir nicht ein Stück des Gemüse- und Obstgartens verkaufen könne. Ich wollte den Grundbesitz nicht geschenkt haben, sondern ihn zu einem angemessenen Preis erwerben. Aber Vater versagte mir meine Bitte. »Nein, Olaf, das geht nicht. Ich muss auch an Katja denken. Ihr will ich an unser Haus ein Eigenheim anbauen, und dafür brauche ich das Grundstück. Seit sie durch den Unfall querschnittsgelähmt ist, braucht sie eine behindertengerecht gebaute Wohnung, damit sie mit ihrem Rollstuhl überall hinfahren kann. Wenn wir nicht mehr leben, braucht sie eine Bleibe.«

Ich schlug Vater vor, für meine Schwester ein anderes Grundstück zu kaufen. Hinter dem Friedhof würden gerade einige Äcker als Bauland ausgewiesen. Aber Vater ließ sich auf keine Diskussion ein. Er hielt an seinem Plan fest. Darüber gerieten wir in Streit. Ein Wort ergab das andere und schließlich ging mein Jähzorn mit mir durch. Ich erhob meine Hand gegen meinen Vater. Es kam zu einer regelrechten Schlägerei, sodass Nachbarn die Polizei alarmierten, die uns Streithähne auseinanderbrachte.

Seit diesem Vorfall habe ich kein einziges Wort mehr mit meinem Vater gewechselt. Und nun ist er tot. Wie soll ich jetzt an seinem Grab stehen, wo doch das ganze

Dorf weiß, dass ich meinen Vater geschlagen habe. Wie stehe ich da in den Augen der Bevölkerung? Schämen muss ich mich, schrecklich schämen. Wegen eines lumpigen Gartens habe ich meinen Vater geschlagen. Ich weiß nicht mehr aus noch ein. O Gott, wie soll ich da weiterleben?«

Lange schwiegen wir beide. Wegen eines Grundstücks hatten sich Vater und Sohn überworfen. Ein unbedachtes Wort, ein heftiger Faustschlag ins Gesicht, ein störrisches Verhalten hatten eine liebende Verbindung zunichtegemacht.

Ärger, Wut, Zorn, Unversöhnlichkeit richten Mauern auf, manchmal menschlich unüberwindbare Mauern. Wüssten wir nicht um Christi lösendes, befreiendes Wort, wir müssten in unserm Jammer zugrunde gehen.

So darf ich diesem jungen Schreinermeister ein Wort von Gott im Namen Christi zusprechen: »Wohl dem, dem die Übertretungen vergeben sind, dem die Sünde bedeckt ist.« Da können wir wieder heil und von der Gewissenslast befreit werden, wenn wir Gottes großes Vergeben annehmen. Wir beugen uns vor unserm Herrn und bitten ihn um Verzeihung. Das ist der einzige Weg, wie uns Schuld verziehen werden kann.

Nicht schimpfen, nur freuen!

Von Jens will ich erzählen. Seine Geschichte hörte ich von seinem Vater und sie hat mich tief beeindruckt.

Jens wohnte mit seinen Eltern in einem Haus, das von einem herrlichen Garten umgeben war. Wie gerne spielte der kleine Kerl in seinem Sandkasten oder mit dem Ball auf dem grünen Rasen. Stürmer wollte er später in einer Fußballmannschaft werden. Wie Ronaldo. Der Garten mit seinen Büschen und Bäumen war ein wunderschönes Paradies für den Jungen und entlastete die Mutter bei der Hausarbeit. Sie wusste ihren Sohn bei frischer Luft und warmer Sonne gut aufgehoben und drinnen konnte sie ungehindert ihrem Tun beim Kochen und Bügeln nachgehen. Der Zaun bot dem Kind Schutz und Bewahrung.

Nur einmal war das Torschloss kaputt, sodass die Gartentür nicht verriegelt werden konnte. An einem Donnerstag nutzte Jens diesen Missstand aus und nahm Reißaus. Als die Mutter nach ihrem Sohn rief, war er nirgends aufzufinden. Soeben hatte er noch den Löwenzahn mit seinem roten Gießkännchen gegossen und nun war er plötzlich wie vom Erdboden verschwunden. Hatte sich Jens vielleicht in der Hecke versteckt oder saß er hinter der Regentonne? »Jens, wo bist du? Jens, melde dich! Jens, komm endlich raus aus dem Versteck!« Aber ihr Rufen verhallte im Leeren.

Die Mutter machte sich auf den Weg und suchte ihren Sohn bei den Nachbarn. Irgendwo musste doch der Bengel stecken. Der Vater hörte das Rufen seiner Frau, wähnte aber noch nichts Böses. So blieb er weiter hinter seinem Schreibtisch sitzen. Schließlich wollte er heute noch die Sonntagspredigt fertigstellen. Als aber sein Sohn nach einer halben Stunde noch immer nicht gefunden war, packte auch ihn die Unruhe. Er durchsuchte erst mal das Haus vom Keller bis zum Boden und stellte alles auf den Kopf. Er schaute in den Betten und darunter, in Schränken und Truhen.

Er öffnete das Garagentor und blickte hinter die Hobelbank. Wo war bloß der kleine Kerl? Nachbarn, Freunde, Verwandte waren inzwischen alarmiert und beteiligten sich an der Suchaktion. Systematisch wurde das Südviertel durchkämmt. So weit konnte doch der kleine Kerl mit seinen kurzen Beinen gar nicht gelaufen sein. Böse Ahnungen kamen auf und plötzlich tauchten aus seiner Erinnerung Schauergeschichten von vermissten Kindern auf. Anderthalb Stunden waren schon vergangen, eine schrecklich lange Zeit, wenn es um ein verschwundenes Kind geht. Die Angst der Eltern wuchs von Minute zu Minute, ja, sie steigerte sich bis ins Unerträgliche. Eine Entführung konnte doch wohl nicht infrage kommen, denn schließlich war der Vater Prediger des Evangeliums und kein Millionär. Wo war Jens nur?

In seiner Ausweglosigkeit schaltete der Vater die Polizei ein. Die Situation war ihm etwas peinlich, dass ausgerechnet der Pastor einer großen Gemeinde seinen Sohn vermisste. Hatte er die Aufsichtspflicht vernachlässigt? In nur wenigen Minuten fuhren gleich drei Streifenwagen mit Blaulicht und Sirene vors Haus. Die Eltern mussten eine Beschreibung ihres Sohnes geben und die Beamten informieren. Welche Haarfarbe hat das Kind, wie groß ist es, welche Kleidung trägt es und wie heißen seine Freunde. Fotos wurden an die Polizisten verteilt. Der Vater setzte sich in einen der Streifenwagen.

Mit einem Megafon wurden die Straßen abgefahren, und immer wieder ertönte es durch den Lautsprecher: »Wer hat Jens Schmidt gesehen? Der Junge ist drei Jahre alt und ist mit einer roten Jacke und weißer Mütze bekleidet. Er trägt braune halbhohe Sportschuhe und blaue Jeans.« Aber das Kind blieb verschwunden. Schließlich bogen die Ordnungshüter Richtung Lahnufer ab. Irgendwo müsste der Ausreißer doch zu finden sein. Über drei Stunden waren schon vergangen. Die Angst der Eltern steigerte sich, ja, sie uferte regelrecht aus. War das Kind vielleicht in den Fluss gestürzt und ertrunken? Dieser Gedanke versetzte die Suchenden in Panik.

Plötzlich entdeckte der Vater in der Ferne eine weiße Mütze. Jetzt kam auch die rote Jacke ins Blickfeld. Auf dem Radweg trottete Jens an der Hand von zwei Jungen, die auch nicht viel älter als der Ausreißer waren, die Lahn entlang. Sie hüpften und sprangen, so als sei das Leben eine Lust. Ein Stein, ein riesengroßer Stein fiel dem Vater vom Herzen. Er atmete tief durch. Zugleich aber stieg auch Wut in ihm auf, denn wie konnte ihm sein Sohn so viel Angst mit seinem Verschwinden einjagen? Der Polizist nahm den Ärger in dem Gesicht des Familienvaters wahr. Freundlich klopfte er dem Mann auf die Schulter: »Nicht schimpfen, nur freuen!« Fest drückte der Vater seinen Jungen in die Arme. Freudentränen liefen ihm über die Wangen. Wo sich aber der kleine Ausreißer herumgetrieben hatte, das behielt er als sein großes Geheimnis im Herzen.

Für Jens aber erfüllte sich noch ein großer Traum. Er durfte mit seinen Kameraden ins Polizeiauto steigen. Erhobenen Hauptes setzte er sich neben seinen Vater. »Fährst du mich jetzt mit Blaulicht und Sirene nach Hause?«, fragte er den Polizisten. Jens war sich keiner Schuld bewusst. Er strahlte, als ihm der Mann in Uniform zunickte: »Natürlich mit Blaulicht und Sirene und ganz schnell dazu!«

Als der Vater seinen Ausreißer so glücklich neben sich im Arm hielt, musste er denken: »Nicht schimpfen, nur freuen, nur freuen, nur freuen!« Große Dankbarkeit erfüllte ihn.

Mir kam bei dieser wahren Geschichte ein Wort aus dem Propheten Jesaja in den Sinn: »Gott spricht: Ich werde gesucht von denen, die nicht nach mir fragten; ich werde gefunden von denen, die mich nicht suchten; und zu den Heiden, die meinen Namen nicht anriefen, sage ich: Hier bin ich, hier bin ich« (Jesaja 65,1).

Handeln wir Menschen nicht auch so wie hier der

kleine Jens? Wie oft verlassen auch wir unsern Vater, unsern himmlischen Vater, suchen das Weite, gehen in die Irre und merken noch nicht einmal, welcher Gefahr wir uns dadurch aussetzen. Vielleicht verwundern wir uns sogar, wenn wir hören, dass sich Gott auf die Suche nach uns aufmacht. Sein Ruf dringt in unsere Welt: »Mensch, wo bist du?« Bis heute ist dieser Schrei nach uns nicht verstummt. Gott nennt unsere Namen und wird nicht müde, uns auf die Spur zu kommen. Er ruft, er sucht, er leidet, wenn er sieht, dass wir auf Abwege geraten sind. Er erkennt die Gefahren, in die wir stürzen, und will uns vor dem Verderben bewahren. Seine Rettungsaktion ist gewaltig. Propheten wie hier Jesaja wurden berufen und mit der Botschaft betraut: »Du Mensch, lass dich mit Gott versöhnen.«

Am deutlichsten aber hat Gott durch seinen Sohn Jesus Christus geredet: »Also hat Gott die Welt geliebt, dass er seinen eingeborenen Sohn gab, auf dass alle, die an ihn glauben, nicht verloren werden, sondern das ewige Leben haben.« So steht es im Evangelium des Johannes. Jesus wurde als Kind in der Krippe geboren, erlitt am Kreuz einen schrecklichen Tod und erlebte seine Auferstehung am Ostermorgen. Seit Karfreitag und Ostern brauchen wir Gottes Zorn nicht mehr zu fürchten, sondern wissen um die Aussöhnung mit Gott, die uns Jesus erworben hat. Gott geht uns nach, wenn wir auf Irrwege gelangen, und sucht uns, bis wir ihm in den Armen liegen und Vater zu ihm sagen. Wir sind ihm sehr wertvoll. Und wenn er uns gefunden hat, hält er uns unsere Schuld nicht vor, sondern ist zum Verzeihen bereit. Wie hat der Polizist zum Vater gesagt, als der kleine Jens auf dem Fahrradweg aufkreuzte: »Nicht schimpfen, nur freuen!«?

Im Lukasevangelium finden wir eine Beispielgeschichte, die uns Jesus selbst erzählt hat. Da hat sich ein Sohn von seinem Vater das Erbe auszahlen lassen und sich dann davongemacht in die Fremde. Als er alles verprasst hatte, landete er am Schweinetrog. Aber das Bild des Vaters tauchte immer wieder in ihm auf, als er ihm traurig nachgesehen hat, wie er vom Vaterhaus davonlief. Ihm wird in seinem Elend das Geschenk der göttlichen Traurigkeit zuteil, denn das alte, verpfuschte Leben ekelt ihn an. Er sieht noch die liebenden Augen des Vaters vor sich, und dabei bewegt ihn nur ein Gedanke: Was sage ich bloß meinem Vater? Ja, was sage ich ihm?

Je näher er dem Vaterhaus kommt, desto schneller werden seine Schritte. In der Ferne am Horizont erkennt er schon den Giebel des Hauses. Von tiefer Sehnsucht erfüllt, schaut er nur in die eine Richtung. Und während ihn seine Füße immer schneller tragen, sieht er, wie der Vater ihm schon entgegenkommt. Er hat auf seinen Sohn gewartet. Und nun ist dieser einzigartige Augenblick wahr geworden: Der Sohn kehrt heim. Weit streckt der Vater ihm seine Hände entgegen, fällt seinem Sohn um den Hals, küsst ihn und drückt ihn innerlich bewegt an seine Brust. Freudentränen laufen dem Vater über die Wangen und der Sohn kann nur stammeln: »Vater, ich habe gesündigt gegen den Himmel und vor dir; ich bin hinfort nicht wert, dass ich dein Sohn heiße.«

Und nun zieht ihm der Vater Festkleider an, bereitet ihm eine rauschende Party, lässt Lammbraten und köstliche Weine auftragen; und in all seinen Hantierungen spürt man dem Vater die Freude ab: Mein Sohn war verloren, aber er ist wiedergefunden worden. Ich halte ihn in meinen Armen. Der Vater fragt ihn nicht nach seinem Lotterleben, er erinnert ihn nicht an das vergeudete Vermögen. Die schuldvolle Vergangenheit ist dem Sohn verziehen. Wie hat der Polizist gesagt? »Nicht schimpfen, nur freuen!« Bei Jesus Christus ist dies wahr geworden.

Ich habe Heimweh nach meinem Vater

Eine lange Fahrt von Marburg nach Hof lag vor mir. In Würzburg stieg ein kleiner Junge in mein Abteil. Zwölf Jahre mag er ungefähr gewesen sein. Etwas unruhig lief er im Gang hin und her, schaute ängstlich nach rechts und links, bis er nach einer geraumen Weile seinen Platz einnahm. Kurz darauf schlief er fest ein. Kurz vor Hof kam noch einmal die Schaffnerin: »Fahrscheine, bitte!« Der schlafende Fahrgast rührte sich nicht. Noch einmal wiederholte die Schaffnerin ihren Spruch: »Fahrscheine, bitte!« Als das Kind wieder nicht reagierte, fasste sie den Jungen am Arm und schüttelte ihn. »Deinen Fahrschein möchte ich sehen!«

Jetzt wachte er auf. Mit großen Augen sah der kleine Kerl die Schaffnerin an. Ganz kleinlaut kam es ihm über die Lippen: »Ich habe doch gar keine Fahrkarte.« – »Wo bist du denn eingestiegen? Ich schreibe dir einen Fahrschein aus. In Würzburg?« Der Schüler nickte. »Zwanzig Euro musst du bezahlen.« – »Aber ich habe doch kein Geld.« Recht bekümmert klangen seine Worte. »Wie, du hast keine Fahrkarte und hast kein Geld und sitzt hier im Zug! Das wird deinen Vater teuer zu stehen kommen. Pack deine Sachen und komm mit ins Dienstabteil. Eine saftige Strafe wird dich als Schwarzfahrer treffen. Warum bist du überhaupt eingestiegen, wenn du keine Fahrkarte hast?« – »Ich hatte doch solches Heimweh nach meinem Vater. Ich musste unbedingt zu meinem Vater fahren.«

Diese Antwort des Jungen rührte mein Herz. Der Schüler tat mir leid. Ich wandte mich an die Bahnbedienstete: »Bitte, schreiben Sie dem kleinen Kerl einen Fahrschein aus, ich bezahle ihn.«

Da ging ein Strahlen über das Gesicht des Buben. Er warf seinen Rucksack wieder ins Gepäcknetz und ließ sich in die roten Polster fallen. Noch einmal war er glimpflich davongekommen. Mich aber bewegte noch lange dieser Satz: »Ich hatte solches Heimweh nach meinem Vater. Ich musste unbedingt wieder zu meinem Vater fahren.«

Vier Erzgebirgler

»Hätten Sie eine Übernachtungsmöglichkeit für uns? Wir sind vier Monteure aus dem Erzgebirge und arbeiten hier in Marburg-Cappel am Klärwerk. Wir bleiben auch nur fünf Nächte. In der Stadt ist wegen des Ärztekongresses keine Bleibe zu finden. Das Tourismusbüro gab uns Ihre Telefonnummer.«

Ich war etwas überrascht von dem Telefonat, überlegte kurz und sagte ihnen: »Ja, kommen Sie nur, ich werde für Schlafgelegenheit sorgen. Es darf doch sicher auch eine Couch sein? Soll ich Ihnen auch Frühstück richten?«

»O, das wäre nett. So gegen 19 Uhr sind wir bei Ihnen. Stimmt die Adresse: Marburg-Cappel, Sperberweg 8?«

Mein Mann half mir, holte ein Bett vom Dachboden herunter und ich bezog die Kissen. Meine Erwartung, wer denn als Gast in unser Haus kommen würde, steigerte sich, ja, ich wurde richtig neugierig. Pünktlich wie die Maurer standen vier breitschultrige, kräftige Männer in unserer Tür. Sie überragten mich weit um Haupteslänge. Sofort zogen sie ihre Arbeitsstiefel aus, stiegen unter die Dusche, und dann setzten wir uns noch zusammen. Die vier Monteure waren morgens schon um vier Uhr in Aue im Erzgebirge aufgebrochen, um hier in Cappel die großen Tanks im Klärwerk zu schweißen. Ein wahrlich langer Tag mit harter Arbeit lag hinter ihnen. Sie fragten noch, ob sie sich denn bei uns auch etwas kochen könnten, denn das würde ihnen zu teuer, jeden Abend ins Restaurant zum Essen zu gehen. Ich zeigte ihnen meine Küche, sagte, wo sie Töpfe, Schüsseln, Besteck und Teller finden könnten und erklärte ihnen mein Kochfeld und die Mikrowelle. Aus ihrem Auto holten sie sogleich ihre Lebensmittel, verstauten sie im Kühlschrank und luden noch einen Kasten Bier aus. Dann sanken sie todmüde in ihre Betten.

Am nächsten Morgen standen wir schon recht früh auf. Ab sechs Uhr gibt es bei unserem Bäcker frische Brötchen. Ich deckte meinen Gästen einen reichhaltigen Frühstückstisch mit Eiern, Wurst, Käse, Butter, Joghurt, Marmelade und Honig und kochte Kaffee. Ich setzte mich zu den Männern und bediente sie. Es sollte ihnen an nichts fehlen, denn in der heißen Sommerglut mussten sie schwer schuften. Das freute sie am meisten, dass wir Zeit für sie hatten und uns mit ihnen unterhielten. Diese jungen Männer hätten meine Söhne sein können. »Wissen Sie«, erzählten sie uns, »sonst schlafen wir in Pensionen oder Hotels, aber da spricht keiner ein Wort mit uns. Wir kommen und gehen und alles ist recht steril. Diese familiäre Atmosphäre gefällt uns besser. Schade, dass wir in einer Woche schon mit unserer Arbeit fertig sind.«

Sie fragten auch uns nach unserem Beruf, und als ich ihnen sagte, dass ich christliche Bücher schreibe, fragte sofort einer: »Haben Sie auch etwas geschrieben für Menschen, die noch nicht glauben können?« Für die zweite Nacht legte ich dann jedem eine spannende Bettlektüre aufs Kissen. An diesem Abend hörte ich keine Radiomusik. Da wollte doch gerne jeder wissen, was ihre Hauswirtin so aufs Papier bringt.

Die Zeit mit unsern vier Erzgebirglern verging wie im Fluge. Nun war schon der letzte Morgen angebrochen. Mich überkam eine etwas wehmütige Stimmung, denn unsere Pensionsgäste hatten eine so herzliche, abwechslungsreiche und interessante Atmosphäre in unser gerade begonnenes Rentnerdasein gebracht und uns manches Schöne aus ihrem geliebten Erzgebirge erzählt. Noch einmal frühstückten sie und dann wollten sie aufbrechen.

»Es fällt mir gar nicht leicht, Sie ziehen zu lassen. Sie waren für uns wunderbare Gäste. Soll ich Ihnen noch ein paar Reisebrote für die lange Fahrt richten?« Die Monteure winkten ab. »In vier bis fünf Stunden sind wir zu Hause bei unseren Familien, wenn alles gut geht.«

»Würden Sie mir erlauben, dass ich noch ein Gebet für Sie spreche und Sie unter Gottes Schutz stelle? Ihre Heimreise ist lang und nicht ohne Gefahr.«

Etwas erstaunt sahen sie mich an, nickten aber. Ich betete: »Lieber Vater im Himmel, ich danke dir sehr herzlich für die gute Zeit, die wir mit unseren Gästen verbringen konnten. Bewahre sie bitte auf der langen Fahrt über die Autobahn. Segne sie und segne ihre Familien. Erhalte ihnen ihren Arbeitsplatz und lass sie allezeit spüren, dass sie unter deiner Liebe leben und wirken. Amen!«

Es folgte noch ein frohes Händeschütteln und Abwinken. Am Abend erreichte mich ein Anruf aus dem Erzgebirge: »Wir sind gut zu Hause angekommen. Vielen Dank für den angenehmen Aufenthalt. Besonders möchten wir uns noch für Ihr schönes Gebet bedanken. Es ist nämlich noch nie passiert, dass eine Hauswirtin mit uns gebetet hat.«

Mir wurde bei diesen Worten ganz warm ums Herz und es wurde mir neu bewusst, dass wir im Grunde einem anderen Menschen nichts Besseres tun können, als ihn Gott anzubefehlen und ihn herzlich anzunehmen.

Aber die Geschichte ging noch weiter. Drei Monate später erreichte mich ein Brief aus Zschorlau:

Sehr geehrter Herr Bormuth!
Sehr geehrte Frau Bormuth!

Es war uns eine große Ehre, von Ihnen beherbergt zu werden. Ich selbst und auch meine Kollegen waren beeindruckt, wie Sie Ihren Glauben in die Tat umsetzen und Nächstenliebe üben. Ich soll Sie von meinem Kollegen (der lange Blonde) grüßen. Zu Weihnachten wird er Ihnen selbst schreiben ...
Im Auftrag der Sonntagsschule hier am Ort soll ich über die Buchhandlung Ihre Kinderbücher bestellen. Es sind insgesamt 31 Kinder im Alter von 5 bis 7 Jahren ...
Mein Arbeitskollege, der mit mir in einem Zimmer geschlafen hat, wünscht sich das Buch »Ich staune

über Gottes Führung« – natürlich mit Widmung. Es ist der Kollege, der bis zu seiner Jugend nichts von Gott gehört hat, aber jetzt viele Fragen hat. Ich kam in Marburg gar nicht zum Lesen, weil ich mich viel über Gott und die Welt mit ihm unterhalten habe.
Nun folgen noch weitere Bestellungen. Rufen Sie mich bitte an, denn ich muss Ihnen am Telefon noch einiges erläutern. Bitte schreiben Sie in jedes Buch eine Widmung.
Ansonsten wünsche ich Ihnen für Ihre Arbeit alles erdenklich Gute.

Hochachtungsvoll Lothar B.

Ich besorgte mir die gewünschten 60 Bücher und hatte einen Vormittag lang zu tun, um in jedes Buch einen Spruch mit Widmung für Frau, Schwiegermutter, Mutter, Tante, für die Helfer in der Sonntagsschule usw. zu schreiben.

Ich war glücklich, denn solch ein lieber Brief flatterte mir nicht jeden Tag ins Haus.

Aber diese angefangene Geschichte hatte noch eine weitere Fortsetzung. Ich war gerade dabei, mir in unserem Gottesdienstsaal einen Platz zu sichern – es war Weihnachten und viele Menschen wollten an der Christfeier teilnehmen –, als Frau Männel auf mich zukam. »Erlauben Sie, Frau Bormuth, dass ich Ihnen einen Kuss gebe und Sie ganz lieb umarme?« Ich war etwas verwirrt über diese stürmische Begrüßung, ließ mir aber gerne diesen Kuss auf die Wange drücken. »Sie haben mir eine große Freude gemacht. Einer der Erzgebirgler, der bei Ihnen übernachtet hat, ist nämlich mein Cousin. Sein Vater ist Gemeinschaftsleiter. Er betet intensiv für seine sechs Söhne, dass sie doch auf den Weg des Glaubens finden. Sie können es sich sicher vorstellen, wie glücklich er war, dass sein Sohn gerade in Ihr Haus gekommen ist und so einen neuen Anstoß bekam, über Jesus nachzudenken. Er hat zu Hause erzählt, dass Sie manches Gespräch am Abend mit Ihren Gästen über die Jesusnachfolge geführt und sogar mit ihnen gebetet haben. Außerdem machen in seinem Dorf Ihre Bücher die Runde. Vielen Dank für Ihr mutiges Christuszeugnis.«

Natürlich freute mich diese Nachricht und solch einen Kuss ließ ich mir gerne gefallen.

Mutti, ich will nach Hause

In Berlin hielt ich Vorträge in der Landeskirchlichen Gemeinschaft. Ein junges Ehepaar hatte mir ein Quartier zur Verfügung gestellt, wo ich bestens versorgt wurde.

Am Abend saß ich noch mit meiner Gastgeberin ein wenig zusammen. Sie begann das Gespräch: »Frau Bormuth, Sie haben mich nach unseren Kindern gefragt und ich sagte Ihnen, dass wir eine Adoptivtochter und eine Pflegetochter haben. Aber eigentlich hätten wir drei Kinder. Timo war unser eigenes Kind, aber er ist schon früh verstorben. Wir waren mit unserem Wohnwagen in die Ferien gefahren. Oben auf dem Autodach hatten wir die Fahrräder mitgenommen. Im flachen Land macht das Radfahren richtig Spaß.

Auf solch einer Tour stürzte unser Sohn in einen Graben. Außer ein paar Schürfwunden und Prellungen konnten wir sonst nichts weiter feststellen. Aber seit dem Sturz litt Timo unter Kopfschmerzen. Ich ging mit dem Jungen zum Arzt und ließ ihn untersuchen. Die Diagnose war niederschmetternd. Unser Sohn litt an einem Gehirntumor, der so ungünstig lag, dass er nicht operiert werden konnte. Die Ärzte sagten uns die Wahrheit, dass das Kind keine Chance hatte zu überleben. Diese Nachricht war für uns ein schwerer Schlag. Unser Timo musste also sterben. Wie sollten wir das begreifen? Hätten nicht so viele Menschen für uns gebetet, ich glaube, wir hätten verzweifeln müssen. Aber Gott stand uns bei und tröstete uns. Lange würden wir den Jungen nicht mehr in unserer Mitte haben können. Ich überlegte, wie ich Timo für die neue Welt Gottes vorbereiten könnte, aber es war mir zu schwer, mit ihm über den Tod zu reden. So schwieg ich, obwohl der Sand im Stundenglas immer weiterrann.

Der Geburtstag von Timo stand an. ›Mutti, darf ich mir meine Freunde einladen? Uta, Florian, Sven und Jessika sollen kommen. Kannst du mir meine Lieblingstorte backen, Schwarzwälderkirsch? Ich würde so gerne meine Jeans und mein neues T-Shirt anziehen. Außerdem habe ich mir schöne Spiele ausgesucht. Mutti, dies wird sicher ein schöner Geburtstag.‹

Ich erfüllte meinem Sohn alle seine Wünsche und wir verlebten wirklich einen frohen Tag, obwohl Timo oft auf der Couch liegen musste. Die Krankheit war doch schon weit fortgeschritten. Als alle Kinder gegangen waren, setzte ich mich zu ihm. Er nahm meine Hand in die seine: ›Mutti, ich will jetzt nach Hause.‹ – ›Aber du bist doch zu Hause, Timo.‹ – ›Nein, Mutti, dies ist nicht mein Zuhause, ich will zu meinem richtigen Zuhause, ich muss zu einer anderen Hausnummer gehen.‹

Das waren seine letzten Worte. Timo drehte sich zur Wand, verfiel kurz darauf ins Koma und wurde von Gott in seine neue Welt mit der himmlischen Hausnummer heimgeholt.«

Was ihr getan habt einem meiner geringsten Brüder

Ich saß in der Amtsstube des Gerichts und sollte die Pflegschaft für einen geistig schwachen Menschen übernehmen. Plötzlich fragte mich der Rechtspfleger ganz unvermittelt: »Wie kommen Sie eigentlich dazu, dass Sie zu Ihren mancherlei Verpflichtungen in einer großen Familie sich noch eine Last zusätzlich aufladen lassen?«

Ich konnte dem Herrn mit seiner runden Nickelbrille keine rechte Antwort geben. Über diese Frage hatte ich noch nicht nachgedacht. Mir war nur eins wichtig: Der Mensch, der mir in den Weg geführt wird und meine Hilfe braucht, ist mein Nächster, und ich darf ihn nicht übersehen. Dazu mahnte mich schon mein Konfirmationsspruch: *Was ihr getan habt einem meiner geringsten Brüder, das habt ihr mir getan, spricht Christus.*

Zunächst hatte mir dieser Vers überhaupt nicht gefallen, ich konnte nichts mit ihm anfangen. Wie gerne hätte ich mir zu meinem Festtag z. B. das Psalmwort gewünscht: *Habe deine Lust an dem Herrn, der wird dir geben, was dein Herz wünscht.* Oder das andere Wort: *Befiehl dem Herrn deine Wege und hoffe auf ihn, er wird's wohlmachen.* Oder *Freuet euch in dem Herrn allewege! Und abermals sage ich euch: Freuet euch!* Und doch ließ mich dieser Spruch nicht mehr los. Ich nahm ihn als eine Mahnung, als ein Angebot Christi an und versuchte ihn zu leben.

Eine sehbehinderte Mitkonfirmandin war die Erste, die mir in der Vielzahl der »geringsten Brüder« begegnete. Ich besuchte sie mindestens einmal in der Woche, las ihr Textstellen aus der Bibel vor, sang mit ihr christliche Lieder und holte sie in den Jugendkreis ab. Viele Jahre blieb ich mit ihr verbunden. Später kamen dann noch zwei sehbehinderte Mädchen dazu und wir unternahmen so manche Reise zu Konferenzen und Jugendtagungen.

Als ich heiratete und wir im eigenen Haus wohnen konnten, kümmerte ich mich um ausländische Studenten, die in unserer Stadt das Goethe-Institut besuchten. Auch diese Aufgabe hatte ich mir nicht selbst gewählt, sie wurde mir einfach vor die Füße gelegt, als wir an zwei Studenten aus Singapur Zimmer vermieteten und sie ihre Freunde zu uns einluden. Der Samstagabend gehörte den Ausländern. Ihre Zahl nahm zu und schließlich brauchten wir ein angrenzendes Zimmer, um die 25 jungen Leute unterbringen zu können. Nähmaschine und Bügelbrett dienten mit als Sitzgelegenheit. Manche nannten mich »Mami«, obwohl ich nicht viel älter war als sie. Was sie brauchten, war ein nettes Zuhause, einen Menschen, der ihnen zuhörte, eine Atmosphäre, die vom Vertrauen zu Gott bestimmt war. Diese jungen Menschen kamen von allen Erdteilen und fühlten sich als Fremde. Sie litten, z. B. unter der

Kälte, unter Heimweh, unter der völlig anderen Ernährung, unter einer andersgearteten Kultur und unter der schwierigen Sprache.

Wie dankbar waren meine Freunde, wenn ich ihnen beim Ausfüllen der vielen Formulare half. Wie viele Studienbewerbungen habe ich aufgesetzt und im Abfassen von Lebensläufen wurde ich Expertin. Sie waren ja der deutschen Sprache noch nicht mächtig. Das war oft eine komplizierte Aufgabe. Bei zwei Studenten aus Somalia musste ich ein ungefähres Geburtsdatum wählen und danach die Zeitabläufe festlegen. Sie konnten mir beim besten Willen nicht sagen, an welchem Tag sie geboren wurden. Sie stammten aus einer ländlichen, weit abgelegenen Gegend, in der die Geburten nicht registriert wurden. Bei einem Nigerianer stellte ich fest, dass er nach seinen Angaben schon als Zweijähriger hätte eingeschult werden müssen. Wenn ich seine Ausbildungsjahre zusammenrechnete, gab er mir immer zur Antwort: »Ungefähr zwei Jahre, ungefähr fünf Jahre, ungefähr, ungefähr ...« Ich unternahm große Anstrengungen und musste ein Rechenkünstler sein, um alle Daten folgerichtig aufzuführen.

Ein Problem war für die Studenten das Waschen ihrer Kleidung. In Arolsen gab es noch keine Waschsalons. Da leistete meine Waschmaschine Großes. Während wir im Wohnzimmer die Bibel miteinander lasen, wusch sie Berge von Hemden, Strümpfen und Hosen. Nicht ein einziges Mal hat sie mir ihren Dienst aufgekündigt.

Ab und zu gab es auch leidvolle Erfahrungen. So wohnte einmal ein sehr fanatischer Student unter unserem Dach. Er war von Hass gegen alle Weißen umgetrieben. Seine Wut ließ er an unserem Jüngsten aus. Er konnte sich ja noch nicht wehren. So beobachtete ich, wie er Daniel schreckliche Angst einflößte. Er imitierte das Geheul eines Löwen lautstark. Der kleine Kerl zitterte vor Angst am ganzen Körper, und ich hatte Mühe, bis sich das Kind wieder beruhigt hatte. Ich war doch sehr erleichtert, als das Semester zu Ende ging und der junge Mann in ein Studentenwohnheim überwechselte.

Ein junger Mann, den wir nach einem Drogenentzug bei uns aufgenommen hatten, verlebte nach seiner eigenen Aussage die schönsten Jahre seines Lebens in unserer Familie. Später lernte er eine Frau kennen und heiratete. Als er dann von uns wegzog, packte er ein, was er irgendwie zu Geld machen konnte. Es fehlten uns Schallplatten, Bücher, Luftmatratzen und dergleichen Dinge mehr. Aus meinem Keller waren sämtliche Vorräte verschwunden. Hätte ich davon gewusst, hätte ich ihm nicht noch Topf und Pfanne und die Lebensmittel für die ersten acht Tage in seine Kisten eingepackt.

Aber solche negativen Erfahrungen geben mir die Chance zu verzeihen, und darin will ich mich üben.

Mit Anja hatten wir Probleme. Wir mussten sie wegen Eigenbedarfs in ein kleineres Zimmer umquartieren. Darüber war sie sehr beleidigt, obwohl es ein schön eingerichtetes, sonniges Zimmer war, nur eben etwas kleiner. Außerdem hatte ich ihr schon beim Einzug gesagt, dass wir später ihr Zimmer selbst brauchen würden. Sie machte ihrem Ärger Luft, indem sie Hässlichkeiten und Verleumdungen über uns ausstreute. Als ich davon erfuhr, war ich wütend. Aber es waren inzwischen Wochen vergangen und sie war bereits nach Bonn zum Studium übergewechselt. Sollte ich sie anrufen und sie zur Rede stellen? So schnell bekam ich diese herbe Enttäuschung nicht unter die Füße. Warum hat Anja nicht mit mir über die Sache gesprochen? Ich wurde bitter gegen sie und sagte im Stillen: Da nimmt man nun junge Leute im Hause auf, schränkt sich selbst ein, opfert sich für sie auf – denn Anja war psychisch angeschlagen, und ich habe manche Stunde mit ihr im Gespräch verbracht, um sie aufzumuntern – und dann widerfährt einem so etwas? Ich wurde erst von dem Groll und dem Ärger befreit, als ich Hebräer 13,6 las: »Der Herr ist mein Helfer, ich will mich nicht fürchten. Was sollen mir Menschen tun?« Im Namen Christi segnete ich diese Studentin und in meinem Herzen zog Frieden ein. Jesus war mein Anwalt, ich brauchte mich nicht selbst zu verteidigen, dessen wurde ich gewiss. Er vertrat meine Sache aufs Beste und ich musste um meinen Ruf nicht besorgt sein. Wir müssen in dieser Welt durch böse und gute Gerüchte gehen, so steht es im Neuen Testament, und deshalb sollte uns eine üble Nachrede nicht aus dem Gleichgewicht bringen.

Etwa ein halbes Jahr später klingelte es um die Mittagszeit bei uns. Anja stand vor der Haustür. Ich führte sie ins Wohnzimmer. Stammelnd bat sie mich um Verzeihung für alles, was sie mir angetan hatte. Sie habe in dieser Zeit, als sie bei uns lebte, in manchen Konflikten gestanden und habe wohl deshalb so überreagiert. Sie sei in Bonn in einem Studentenbibelkreis Christ geworden und ihr Gewissen käme über dieser bösen Verleumdung nicht zur Ruhe. Sie bat mich darum, ihr doch zu vergeben, damit diese Sache wieder in Ordnung käme und sie Frieden habe.

Wie gut, dass ich sie in den Arm nehmen und ihr sagen konnte: »Ich habe Ihnen schon lange verziehen, es ist jetzt alles wieder gut!«

Dieser Tag wurde für mich zu einem wunderschönen, unvergesslichen Erlebnis. Versöhnung ist immer ein großes Geschenk, ein Wunder.

Duett mit einem Bruder der Landstraße

»Steigen Sie ein, junge Frau, ich werde Ihnen Ihren Koffer schon hochwuchten! Huch, ist der aber schwer! Schmuggeln Sie etwa Goldbarren? Aber ein Mann ist ein Mann, ich schaffe das schon. So, gute Frau, soll ich Ihnen Ihr Gepäck noch verstauen helfen?«

»Ach, stellen Sie es nur ab. In Singen muss ich sowieso wieder umsteigen, um mit dem Interregio weiter nach Marburg zu fahren. Haben Sie herzlichen Dank für Ihre Hilfsbereitschaft.« Und mit diesen Worten hoffte ich, mich meines etwas sonderbaren Helfers entledigen zu können. Er sah mir nicht gerade vertrauenerweckend aus. Ja, ich fürchtete mich sogar ein wenig vor ihm und hielt meine Handtasche fest unter meinen Arm geklemmt. An seinem Hut hatte er mehrere Fellstückchen befestigt. Seine weinrote Jacke zeigte an markanten Stellen eine hässliche graue Färbung und seine Hose hätte von selbst den Weg ins Wasser gefunden, so sehr sehnte sie sich nach einem reinigenden Bad.

Aber so schnell wurde ich den Obdachlosen nicht los. Er machte keine Anstalten, das Zugabteil wieder zu verlassen. Seinen blauroten Rucksack, auf den eine grüne Isomatte gebunden war, stellte er auf den braunen Polstern ab und ließ sich in die weichen Sitze fallen. Mein Reisebegleiter zeigte sich recht gesprächig und erzählte mir sogleich von seinen abenteuerlichen Touren durch ganz Deutschland und die angrenzenden Länder.

»Der Himmel ist mein Dach, und der Schnee meine Lagerstatt im Winter. Im Sommer kuschle ich mich ins weiche Gras. Der Schlafsack ist die beste Erfindung, die je ein Mensch gemacht hat. Keine Kälte, ja nicht einmal ein strenger Frost kann mir darin etwas anhaben. In einem Zimmer könnte ich gar nicht mehr schlafen. Luft brauche ich, klare, frische Luft. Wenn der Himmel mit der Vielzahl seiner Sterne über mir glitzert und funkelt und der Mond seine Bahnen am Firmament zieht, dann bin ich glücklich, zutiefst glücklich. Nach einer solch herrlichen Nacht packe ich am Morgen wieder meinen Rucksack und ziehe von Ort zu Ort. Eine innere Unruhe treibt mich und ich werde wohl nie mehr eine feste Bleibe finden. So ist nun mal mein Leben. Länger als zwei, drei Tage halte ich es an keiner Stelle aus. ›Das Wandern ist des Müllers Lust‹, dieser Vers trifft auch auf mich zu. Das Fernweh packt mich, und dann muss ich laufen, laufen, so weit mich meine Füße tragen.

Sie werden mich nicht verstehen, gute Frau, kein Mensch kann mich verstehen. Meine Seele ist ruhelos, unstet und flüchtig.«

»Gibt es denn ein Ereignis, das Sie zum Bruder der Landstraße werden ließ?«, fragte ich behutsam. »Oder waren Sie zeit Ihres Lebens ein solch unbehauster Mensch?«

»Das kann ich Ihnen ganz genau sagen. Es gab eine Enttäuschung in meinem Dasein und die hat mich aus der Bahn geworfen. Ich wurde schwer krank. Eine Niere musste entfernt werden. Danach bekam ich noch einen Herzinfarkt. Diese harten Schicksalsschläge haben mich in tiefe Verzweiflung gestürzt. Ich war ja noch so jung und doch schon schwer angeschlagen. Da habe ich im Alkohol Trost gesucht und zu spät gemerkt, wie ich in seine Fänge geriet. Die Trinkerei hat mich kaputt gemacht. Ich verlor meinen Arbeitsplatz. Das Geld wurde knapp. Schmalhans war nun Küchenmeister in meiner noch jungen Ehe. Ich machte Schulden, um meiner Frau ab und zu eine Freude zu bereiten. Ilona hatte sich ein schöneres Dasein erträumt. Meine Frau versuchte zu retten, was zu retten war, und arbeitete unheimlich hart, um den Schuldenberg abzutragen. Aber die Sauferei hat mich ruiniert. Die Schulden nahmen nicht ab, sondern immer noch zu.

Eines Tages wurde es meiner Frau zu viel, sie packte ihre Sachen und zog aus der Wohnung aus. Ich begriff nicht gleich, was ich da angerichtet hatte, und war wie versteinert. Nun saß ich da in meinem Elend, war allein, ganz allein. Mir war zumute, als fiele mir die Decke auf den Kopf. Schließlich hielt ich es nicht mehr länger in meinen vier Wänden aus, denn meine Frau war mir das Liebste gewesen. Sie gab mir Halt. Und nun war sie fort und machte auch keine Anstalten, zu mir zurückzukommen. Dieser erbärmliche Zustand, ich kann es nicht anders bezeichnen, hat mich umgehauen.

Ich habe gejammert und geheult wie ein kleines Kind. Dann habe ich mir den Rucksack vom Speicher geholt, ein paar Klamotten zusammengepackt und habe mich auf eine Reise begeben, die wohl kein Ende nehmen wird. Sehen Sie, gute Frau, das ist mein Leben. Jetzt werden Sie mich verachten und denken: Was ist das für ein Lump! Recht haben Sie. Ich bin auch ein Lump, ein Taugenichts, ein Versager. Alles, was ich hatte, habe ich zerstört. Nun bin ich ein Penner, ein Vagabund, der bei Regen mal unter Brücken, mal in Abfalltonnen, mal in U-Bahnschächten schläft. Dabei war ich früher sogar im EC. Wissen Sie, was EC ist?«

»Und ob ich das weiß«, erklärte ich ihm. »EC bedeutet: Entschiedenes Christentum. Als junges Mädchen gehörte ich zu diesem Verband. Bis heute stehe ich in der Nachfolge Christi. Da haben wir zwei aber manches gemeinsam«, freute ich mich.

»Freuen muss Sie das gar nicht. Ich habe meinem Heiland nur Schande gemacht. Als ich vierzehn Jahre alt war, begann ich meine Bibel regelmäßig zu lesen und zu meinem Gott zu beten. Ich war fest in dieser Gruppe junger Christen verwurzelt, die ihr Leben Jesus geweiht hatte. Ich wollte ihm sogar dienen. Meine Hände falte ich heute noch zum Beten, wenn auch nicht regelmäßig. Wenn die Angst über mich kommen will, dann flüchte ich mich in das Reden mit Gott. Ab und zu danke ich auch dem Vater im Himmel, wenn freundliche Menschen mich ein Stück weit mit dem Auto mitnehmen oder mir eine warme Mahlzeit geben. Neulich durfte ich mir bei der Caritas auch ein Paar fast neue Schuhe mitnehmen. Sie waren kaum getragen. Da habe ich im Stillen gesagt: Danke, Vater, du meinst es noch immer gut mit mir. Aber aus der Spur Jesu Christi, in der ich früher gelebt habe, hat es mich herausgehauen. Der Alkohol ist an allem schuld und ihm bin ich verfallen. Dabei habe ich meinen Heiland erfahren, wie ihn nur wenige erlebt haben.

Bei meiner Nierenoperation war ich ein Todeskandidat. Die Ärzte hatten keine Hoffnung mehr für mich. Ich war schon in ein Zimmer abgeschoben worden, wo ich sterben sollte. Da habe ich in meiner Not dem Pfleger gesagt: Rufen Sie Schwester Gertrud! Sie soll sofort kommen! Eine halbe Stunde später stand die Diakonisse vor mir. Ich konnte fast nicht mehr reden, nur noch japsen. Da sah Schwester Gertrud mein Elend, meine Todesnot, kniete an meinem Bett nieder und rief so innig zu meinem Vater im Himmel, er möchte mich doch wieder aufrichten, sich über mich erbarmen und ein Wunder an mir tun. Er, der doch Jesus Christus von den Toten auferweckt hat, könnte mir auch das Leben erhalten. Ihr Gebet wurde erhört. Die Ärzte standen sprachlos vor diesem Geheimnis. Ich wurde wieder gesund. Mein Heiland hat mich nicht dem Tode überlassen. Das alles verdanke ich Schwester Gertrud. Wie hat sie für mich zu Gott geschrien, er möge mich heilen. Sie hat mich sehr geliebt. Nie werde ich das meiner Schwester Gertrud vergessen. Sie hat mehr für mich getan, als eine Mutter für ihr Kind tun kann.«

Der Mann konnte vor innerer Bewegung nicht mehr weiterreden. Die Tränen rannen ihm den Stoppelbart herunter. Mit seinem Jackenärmel wischte er sich das Nass aus den Augen. In einem Selbstgespräch fuhr er fort: »O, liebe Schwester Gertrud, was muss ich mich vor dir schämen, ganz arg schämen. Du hast es so gut mit mir gemeint und ich habe dich enttäuscht, bitter enttäuscht. Ein Schrecken würde dich überkommen, wenn du mich jetzt sehen könntest. Ach, wie tief bin ich gefallen! Ich bin ein schrecklicher Sünder, Schwester Gertrud, bete für mich.«

»Soll ich denn Schwester Gertrud grüßen, wenn ich wieder in Marburg bin? Ich kenne diese Diakonisse sehr gut.«

»Was, Sie kennen Schwester Gertrud?« Ein Strahlen ging über sein Gesicht. »Sie war früher meine Jugendschwester. Das gibt es doch gar nicht! Kennen Sie sie wirklich, oder wollen Sie mich zum Narren halten?«

»Wie könnte ich Sie belügen! Noch heute Abend rufe ich sie an und richte ihr einen Gruß von Ihnen aus.«

»Ich bin Martin Wilkens aus K. (Der Name wurde geändert.) Sie brauchen ihr auch nur meinen Vornamen zu nennen. Sie wird sich bestimmt an mich erinnern. Sagen Sie ihr, Sie seien dem Martin begegnet, für den sie um ein Heilungswunder zu Gott gebetet hat und auch erhört wurde. Mir ist's so froh ums Herz und doch so weh zugleich. Diese Schwester werde ich nie vergessen.

Wissen Sie, welches Lied sie mit uns Kindern immer gern in der Sonntagsschule gesungen hat?«

Und schon stimmte er mit seiner wunderschönen, kräftigen Stimme an:

»Solang mein Jesus lebt
und seine Kraft mich hebt,
muss Furcht und Sorge von mir fliehn,
mein Herz in Lieb erglühn.«

Ich fiel in seinen Gesang mit ein, und wir schmetterten alle Strophen laut und von Herzen, sodass sich wohl die übrigen Reisenden über dieses Gotteslob im Zugabteil gewundert haben mögen. Es folgte Lied um Lied: »Stern, auf den ich schaue«, »Gott ist die Liebe«, »Von meinem Jesus will ich singen«.

Es war erstaunlich, dass mein Reisebegleiter alle Strophen auswendig beherrschte. Ich hatte eine Saite im Leben dieses Tippelbruders berührt und sie zum Klingen gebracht. Er erinnerte sich vergangener glücklicherer Zeiten. Wir kamen uns auf dieser Fahrt im Glauben ganz nahe. Als ich ihm eines meiner Bücher schenkte, schrieb ich ihm als Widmung hinein: *Zuflucht ist bei dem alten Gott und unter den ewigen Armen.*

Nachdenklich blätterte er darin und steckte es in seine Jackentasche. »Ja, Zuflucht ist bei dem alten Gott, und ich bin ein Vagabund, ein Fremdling, ein Streuner. Ob ich wohl noch einmal bei ihm Zuflucht finde, ein warmes Nest, ein Zuhause?«

»Ich würde Sie so gerne zu uns nach Marburg einladen. Nach dem 15. Mai bin ich wieder für zwei Wochen zu Hause. Ich schaffe Platz für Sie und Sie können ein paar Tage Urlaub bei uns machen. Dann begleiten Sie uns zum Gottesdienst und wir besuchen Schwester Gertrud im Diakonissenmutterhaus. Das wird eine Überraschung sein!«

»Zu Ihnen komme ich gerne, das verspreche ich Ihnen, aber ob ich Schwester Gertrud unter die Augen treten kann, das weiß ich jetzt noch nicht. Zu tief bin ich gefallen. Schauen Sie mich nur richtig an!«

»Lieber Martin, ich darf Sie doch beim Vornamen nennen, wer gefallen ist, darf wieder aufstehen. Das ist die Chance, die Christus uns bereitet. Wir dürfen neu zu Jesus kommen. Nur nicht am Boden liegen bleiben! Jesus ist unser Guter Hirte. Er läuft seinen verirrten Schafen nach, um bei diesem Hirtenbild zu bleiben, und will sie nach Hause zum Vater im Himmel bringen. Die verlorenen Schafe seines Vaters, die sind ihm wichtig und nach ihnen begibt er sich auf die Suche. Dass wir uns in diesem Abteil begegnen durften, ist mir schon ein Beweis der großen, göttlichen Liebe. Martin, ich muss jetzt bald umsteigen. Ein Lied singen wir noch miteinander, vielleicht Ihr Lieblingslied. Stimmen Sie nur gleich an.«

Laut ertönte dieses wundersame, alte Lied aus seinem Munde, und man spürte ihm ab, wie heimwehkrank dieser Tippelbruder war. Es war *sein* Lied und die traurige Erfahrung seines Lebens spiegelte sich darin wider.

»Ich bin durch die Welt gegangen, und die Welt ist schön und groß,
und doch ziehet mein Verlangen mich weit von der Erde los.

Ich habe die Menschen gesehen, und sie suchen spät und früh,
sie schaffen, sie kommen und gehen, und ihr Leben ist Arbeit und Müh.

Sie suchen, was sie nicht finden in Liebe und Ehre und Glück,
und sie kommen belastet mit Sünden und unbefriedigt zurück.

Es ist eine Ruh vorhanden für das arme, müde Herz;
sagt es laut in allen Landen: Hier ist gestillet der Schmerz.
Es ist eine Ruh gefunden für alle, fern und nah:
in des Gotteslammes Wunden, am Kreuz auf Golgatha.«

Diese Begegnung mit Martin hat mich überaus glücklich gemacht. Der Hirte, Jesus Christus, gibt keins seiner verirrten Schafe preis. Er geht ihnen nach und findet sie sogar in einem Zugabteil an der Schweizer Grenze.

Mein Freund half mir noch beim Umsteigen und

trug die schweren Koffer. Als ich am Bahnhofskiosk das Buch von Knut Hamsun mit dem Titel »Der Landstreicher« entdeckte, kaufte ich es mir. Die Begegnung mit Martin hatte mich neugierig gemacht. Was mag sich denn in der Seele eines so unbehausten Bruders der Landstraße alles abspielen?

Die folgenden Stunden der Heimfahrt war ich nur mit diesem Thema beschäftigt. Ja, Landstreicher sind wir im Grunde alle, Unbehauste, Heimatlose, Verirrte. Wir mögen vielleicht in wunderschönen Eigenheimen oder Villen am See wohnen, aber unser Herz ist und bleibt ruhelos, bis es bei Gott zur Ruhe gefunden hat.

In mein Abendgebet schloss ich Martin ein und dankte meinem Herrn. Er übersieht keinen, auch nicht einen Außenseiter der Gesellschaft. Ja, Zuflucht ist bei dem alten Gott und unter den ewigen Armen: für Martin, für mich, für alle, die sich nach dieser Zuflucht sehnen.

Das Klassentreffen

Nach 25 Jahren trafen wir ehemaligen Abiturienten uns an unserem alten Schulort Rotenburg an der Fulda. War das ein frohes Grüßen und ein lebhaftes Gespräch. Bei einer Tasse Kaffee saßen wir beisammen und tauschten uns darüber aus, wie es uns in den vergangenen Jahren ergangen war. Nun waren wir nicht mehr Schüler, sondern Rechtsanwälte, Ärzte, Pfarrer, Studienräte, Richter, Mütter und Hausfrauen. Familienfotos machten die Runde und ich war wohl mit meinen vier Söhnen und einer Tochter die kinderreichste Mutter. Ich hatte ja noch während meines Theologiestudiums geheiratet. Unser Klassenlehrer, Herr Söldner, war auch unter uns. Er hatte damals Mathematik unterrichtet. Ich war in diesem Fach keine gute Schülerin gewesen. Deshalb saß ich ihm auch jetzt recht zurückgezogen gegenüber. Er war ein sehr guter Pädagoge und sein Unterricht war spannend gewesen. Wenn er etwas an der Tafel erklärte, konnte ich es verstehen und ihm folgen. Aber leider war er uns erst in der Oberstufe zugeteilt worden. In der Mittelstufe waren wir von einem Studienrat unterrichtet worden, bei dem ich kein Wort verstanden hatte. Wenn ich ihn bat, mir eine Gleichung noch einmal zu erklären, brüllte er mich nur an: »Du blöde Kuh, was suchst du überhaupt auf dem Gymnasium. Du hättest besser in der Hilfsschule bleiben sollen.« Vor diesem

Lehrer hatte ich regelrecht Angst. Ich hatte ihn nach diesem Anpfiff nie wieder gebeten, mir irgendetwas zu erklären. Drei Jahre musste ich ihn ertragen und von der Zwei rutschte ich auf die Drei, von der Drei auf die Vier und schließlich landete ich auf einer Fünf. Für unseren Mathematiklehrer in der elften Klasse war ich keine gute Neuerwerbung. Bei jeder Klassenarbeit habe ich Ängste ausgestanden. Wenn die Hefte zurückgegeben wurden, lag meines ganz unten bei den schlechten. Die Lücken, die ich mir in der Mittelstufe eingefangen hatte, konnte ich bei Herrn Söldner nicht wieder wettmachen. Ich hatte nie begriffen, wie man Gleichungen löst. So hat die Note »mangelhaft« in Mathematik mir auch das Abiturzeugnis kräftig versalzen. Es ist verständlich, dass ich nun gegenüber unserem ehemaligen Klassenlehrer recht befangen war. Das merkte er wohl. Er setzte sich zu mir und begann ein interessantes Gespräch. Ich meinte, mich für meine schlechten Leistungen bei ihm entschuldigen zu müssen. Er aber wehrte ab: »Lotte, Sie waren in den anderen Fächern wie Englisch, Französisch, Latein, Deutsch, Religion, Musik und Geschichte recht gut. In den Sprachen waren Sie sogar hervorragend. Sie haben Ihr Abitur problemlos geschafft. Vor allem habe ich Ihre innere Haltung sehr bewundert. Ihre Klassenkameraden haben mir mal auf einer Wanderung erzählt: ›Lotte ist ein netter Kumpel. Mit ihr kann man Pferde stehlen.‹ So haben Sie zu einem guten, kameradschaftlichen Verhalten beigetragen. Wenn ich an unsere Klassenfahrten an die Bergstraße und später nach Innsbruck in die Alpen denke, haben Sie uns mit Ihrem köstlichen Humor oft zum Lachen gebracht. Übrigens möchte ich mich bei Ihnen noch für Ihr Buch bedanken, das Sie mir mit einer Widmung zugeschickt haben. Vor allem was Sie über das Sterben Ihres Vaters schreiben, hat mich tief beeindruckt. Ihnen muss ich es abnehmen, dass Sie eine gläubige Christin sind. Am Ende meines Lebens bewegt mich die Frage intensiv: Was kommt nach dem Tod? Ich bewundere Menschen wie Sie, die solch zuversichtliche Hoffnung haben.«

Die Angst, vor meinem früheren Lehrer als Versagerin zu gelten, wich von mir und es wurde für mich ein schöner Nachmittag. Mit dem Fach Mathematik wurde ich völlig ausgesöhnt.

Viele Jahre später hatte ich ein beeindruckendes Erlebnis. Im Hause einer meiner Söhne herrschte Krach. Ich trat in die Tür und hörte schon von Weitem, wie meine Schwiegertochter sehr ärgerlich war und laut schimpfte. »Junge, habe ich dir nicht gesagt, dass du in der Schule besser aufpassen musst? Außerdem musst du lernen, dich besser zu konzentrieren. Setz dich auf den Hosenboden und fang an, ordentlich deine Schulaufgaben zu machen. Jetzt hast du in Mathematik eine Vier minus und das nächste Mal rutschst du auf eine Fünf.« Mit Tränen in den Augen saß der kleine Kerl vor mir. Er tat mir schrecklich leid. Sagen durfte ich ja nichts. Als Großmutter ist mir die Einmischung in die Erziehung meiner Enkel nicht erlaubt. Schweigen muss ich lernen, lieb haben und trösten. So nahm ich den Drittklässler in meine Arme, drückte ihn an mich und strich ihm behutsam über das Haar. »Mein Schatz, sei nicht traurig. Denk daran: Deine Oma hat sogar im Abiturzeugnis eine Fünf in Mathematik gehabt.«

Das Kind schaute auf: »Oma, du? Und dann bist du doch noch Schriftstellerin geworden?«

Ich wischte ihm die Tränen aus den Augen. Der Junge schluchzte noch einmal auf und dann ging es ihm besser. Aber dann machte ich meinem Enkel noch den Vorschlag, dass ich mich in Zukunft jeden Tag um fünf Uhr mit ihm treffen wollte, und wir würden rechnen, lesen und schreiben üben. Damit war das Kind einverstanden.

Vier Monate später schickte mir seine Lehrerin zu Weihnachten einen Brief: »An die Lese- und Rechenomi«. Darin bedankte sie sich für meinen erfolgreichen Einsatz. Ihr Schüler hatte enorme Fortschritte gemacht.

Für mich war dieser Brief ein wunderbares Erleben. Ich erkannte, dass sogar mein Versagen Frucht getragen hatte und dazu noch mein Enkelkind trösten konnte.

Ein originelles Muttertagsgeschenk

Die Post brachte mir heute einen dicken Briefumschlag. Als ich ihn öffnete, flogen mir drei wunderschöne Fotos von meinen Enkelkindern Cornelius, Hanna-Maria und Emanuel entgegen. Wohl für jede Großmutter sind solche Bilder wertvolle Geschenke. Lange hielt ich sie in den Händen und betrachtete sie. Meine Mutter, die schon lange nicht mehr lebt, würde jetzt sagen: »Kinder sind eine Gabe des Herrn, und Leibesfrucht ist ein Geschenk.« Genau dieser Gedanke berührte mich auch. Eng fühlte ich mich mit meinen Kindern und Enkeln verbunden. Sie sind mir die teuerste Gabe Gottes.

Jeden Morgen falte ich meine Hände und nenne ihre Namen vor meinem Schöpfer. Inzwischen muss ich 28 Namen im Gedächtnis behalten, denn die drei Freunde meiner älteren Enkel zähle ich schon zu unserer Großfamilie. So kann ich getrost nach dem Gebet in den Tag gehen; denn bei Gott weiß ich sie alle wohl geborgen.

Die drei Fotos stellte ich mir in die Vitrine. Dann las ich die beigelegte Grußkarte meines Sohnes.

»Liebe Mutti,
zum Muttertag möchte ich Dir herzlich für alles Große und Kleine danken, das ihr für mich tut und schon getan habt. Dafür sollst Du aus eigener Feder etwas bekommen, das Dich an einen schönen Got-

tesdienst in Bad Zwesten erinnert. Uns geht es gut, und ich hoffe, auch ihr seid guter Dinge. Mit allen guten Wünschen für Papa und Dich grüßt euch herzlich Euer Daniel und Family.«

Anschließend nahm ich das eigentliche Muttertagsgeschenk in die Hand, eine Predigt, die mein Sohn vor einiger Zeit gehalten hatte. Es war ein besonderer Gottesdienst gewesen, den auch mein Mann und ich in seiner Gemeinde miterlebt hatten. Marie-Luise, eine seiner Konfirmandinnen, hatte den dringenden Wunsch, sich taufen zu lassen. Damit wollte sie kundtun, dass sie auch zu Jesus gehören wollte.

Die Taufpredigt war recht originell. Sie begann mit der Lesung des Taufspruchs aus 1. Johannes 4,16, den sich der Täufling selbst ausgesucht hatte: *Gott ist die Liebe; und wer in der Liebe bleibt, der bleibt in Gott und Gott in ihm.*

Ich konnte mich noch gut daran erinnern, als mein Mann und ich in der Kirche saßen und gespannt verfolgten, wie unser Sohn im Talar nach vorn ging, um von der Kanzel aus die Taufpredigt zu halten. Plötzlich ertönte ein lauter Pfiff, was für einen Gottesdienst recht ungewöhnlich war. Alle Besucher waren hell gespannt, was nun folgte:

Dieses Geräusch ist dir, Marie-Luise, gut bekannt. Als begeisterte Fußballerin denkst du gleich an den Anpfiff eines Spiels. So ein Anpfiff ist auch deine Taufe heute, durch die du in die Gemeinschaft der Christen aufgenommen wirst. Es ist ein Anpfiff für ein lebenslanges Spiel, das ganz besonderen Regeln unterliegt. Im Fußball entscheidet der Trainer über die Mannschaftsaufstellung je nach Leistung und Spielstärke. Beim Spiel mit Gott hingegen gibt es keine Ersatzbank, erst recht keine Verbannung aus dem Mannschaftskader oder in die B-Elf. Durch die Taufe gehört jeder zur Stammelf, entscheidend sind allein die Berufung zu Gott und der eigene Wille, ihm treu nachzufolgen. Dabei kann die Leistung noch so durchwachsen sein; denn, wie es in deinem Taufspruch treffend heißt: *Gott ist die Liebe.* Seine Liebe ist das einzige Berufungskriterium. Und Gott liebt dich, er ist stolz, dass es dich gibt, er freut sich an dir. Und das Schöne ist: Du spielst bei Gott nicht auf Bewährung, musst dich vor ihm nicht ständig beweisen, deinen Stammplatz behaupten. Du darfst dir ein Formtief durchaus leisten. An seiner unendlichen Liebe zu dir ändert das nichts. Als getauftes Gotteskind gehörst du zu Gottes großer Mannschaft allemal. Denn die Taufe gilt ein Leben lang. Niemand und nichts hat das Recht, sie infrage zu stellen. Vielleicht wirst du auch in diesem Spiel die Erfahrung machen, dass andere dich auspfeifen und dich verpfeifen. Was immer andere sagen und denken, Gott pfeift nicht auf dich. Unter keinen Umständen möchte er auf dich verzichten. Nie käme ihm in den Sinn zu sagen: Mein Kader ist groß genug, auf einen weniger kommt es nicht an. Du bist in seinen Augen einzigartig und unverzichtbar, einfach weil es dich gibt, weil er dich so liebt, wie du bist.

Darum kannst du in deinem Leben »befreit aufspielen«, wie es im Fußballdeutsch so treffend heißt. Denn du hast nichts zu verlieren. Der Druck, unbedingt zu gewinnen, es allen um jeden Preis zeigen zu müssen, ist weg. Durchschnittliche Leistungen, Niederlagen, Formkrisen greifen deine Würde als getauftes Gotteskind nicht an und können dir nichts anhaben. Deine Taufe ist das Siegel der großen Liebe Gottes zu dir.

Wieder ertönte ein Pfiff.

Jetzt stehst du vor einem neuen, einmaligen Spiel. Denn es beginnt dein Konfirmandenunterricht, gewissermaßen dein Trainingslager. Zwei deiner Schwestern haben es bereits absolviert, sind dir vorangegangen. Du folgst ihnen und hast dann anlässlich deiner Konfirmation in einem Jahr ebenfalls Gelegenheit, Ja zu sagen: »Ich spiele mit. Gott soll mein Trainer sein und bleiben, mein Leben lang.« Einen besseren gibt es nicht. Denn *Gott ist die Liebe; und wer in der Liebe bleibt, der bleibt in Gott und Gott in ihm.* Amen.

Das Kreuz über dem Schreibtisch

Über meinem Schreibtisch habe ich soeben ein Kreuz aus Messing aufgehängt. Frau Holder hat es mir als Geschenk zugedacht. Bei meinem letzten Besuch im Mai hatte sie es schon von der Wand über ihrem Bett heruntergeholt und auf den Tisch gelegt. Nun wollte sie es mir mitgeben. Ich bin ja ihre langjährige Freundin. Da sie hochbetagt ist, überfällt sie zuweilen die Angst, dass sie bald sterben könnte. Und dann würden ihre Sachen wahrscheinlich alle im Müll landen. In ihren jungen Jahren hatte sie sich das Kreuz von ihrem schwer verdienten Geld gekauft, und es ist ihr wertvoll.

Nun hängt es in meinem Arbeitszimmer. Das Kreuz erinnert mich an einen Menschen, dessen Handeln und Tun mir bedeutungsvoll geworden ist. Zum ersten Mal begegnete ich Frau Holder vor vielen Jahren in Bad Brückenau. Dorthin war ich zu einer Freizeit angereist und mit über dreißig Frauen erlebten wir gesegnete Tage unter der Botschaft der Bibel. Die Qualen, aber auch der Trost des Hiob waren unsere Themen. Dieses Wort des leidenden Gottesboten wollte ich in unsere oft von Not und Ärger zerrissene Seele einprägen. Zum Abschluss dieser Tagung sprach ich über Hiobs Erfahrung *»Ich weiß, dass mein Erlöser lebt!«*.

In diesen Tagen lernten wir auch die Schönheit der Rhön kennen. So wurde diese Zeit bei besonders angenehmem Wetter sehr erholsam. Nun war der letzte Tag gekommen und ich hatte mich mit einer Andacht und mit dem Abendmahl von den Teilnehmerinnen verabschiedet. Ich ging danach in mein Zimmer, ordnete meine Manuskripte und wollte gerade anfangen, meinen Koffer zu packen. Da klopfte es an meiner Tür.

»Darf ich noch zu so später Stunde bei Ihnen eintreten?«, bat meine Zimmernachbarin. »Ich möchte Sie bitten, schauen Sie doch mal nach Frau Holder. Es geht ihr nicht gut.«

Eigentlich war mir diese ältere Dame gar nicht besonders aufgefallen. Kaum ein Wort hatte ich mit ihr gewechselt. Sie schien recht scheu und zurückhaltend zu sein. Ich ging sofort zu ihr. Frau Holder kauerte auf ihrem Bett und die Tränen liefen ihr über die Wangen. Kein Wort brachte sie über die Lippen. Und so setzte ich mich zu ihr, schwieg auch lange und nahm ihre Hand in die meine. Tränen sind auch eine wunderbare Gabe. Das weiß ich aus eigener Erfahrung. Gott zählt sie sogar. So steht es in der Bibel. Wenn sie alle ausgeweint sind, schaffen sie Befreiung und lassen uns nicht länger stumm in unserem Schmerz verharren. Nach einer Weile konnte auch Frau Holder stotternd die Worte finden.

»Frau Bormuth, ich möchte so gerne wie die anderen Frauen hier auf der Tagung eine persönliche Beziehung zu Jesus finden. Aber ich bin wohl ein zu schlechter Mensch. Mit mir kann Christus nichts anfangen. Hinzu kommt, dass mein Leben von viel Elend und Not überschattet war. Ich war das neunte Kind meiner Eltern. Als meine Mutter ihre Schwangerschaft bemerkte, verfiel sie ins Jammern: ›Jetzt noch mal ein Kind, das geht doch gar nicht. Ich bin ja schon 42 Jahre alt. Mein Mann ist schon länger krank. Hinzu kommt, dass er dem Alkohol verfallen ist. Wir haben kaum Geld, um unsere acht Kinder zu ernähren, und nun dieses Fiasko. Ich will das Baby nicht. Es wird uns noch total in den Ruin stürzen. Wie kann ich weiter zu meiner Putzstelle gehen, wenn ich einen Säugling zu versorgen habe.‹

Ich war nicht gewollt und das merkte ich mein ganzes Leben lang. Noch heute tun mir die Worte meines Vaters weh, die er mir in seinem Zorn entgegengeschleudert hat: Wenn wir dich elenden Balg nicht gehabt hätten, wäre es uns besser ergangen! Nie mehr habe ich diesen Satz vergessen. Ich war also ein nichtswürdiger Balg und daran schuld, dass es uns in der Familie schlecht ging und Schmalhans Küchenmeister war.

So wurde ich mehr und mehr ein verängstigter junger Mensch und blieb es auch bis heute. Oft fragte ich mich: Warum bin ich nur geboren? Warum muss ich den Meinen zur Last liegen? Hätte ich bloß nicht das Licht der Welt erblickt. Wie oft habe ich mir schon die Worte des Jeremia zu Gemüte geführt, der unter seinem Leben hart gelitten hat: *Verflucht sei der Tag, darin ich geboren bin; der Tag müsse ungesegnet sein, darin mich meine Mutter geboren hat. [...] Ach dass du mich doch nicht im Mutterleib getötet hast, dass meine Mutter mein Grab gewesen und ihr Leib ewig schwanger ge-*

blieben wäre. Warum bin ich doch aus dem Mutterleib hervorgekommen, dass ich solchen Jammer und Herzeleid sehen muss und meine Tage mit Schanden zubringe? (Jeremia 20,14.17-18).

Hinzu kam, dass ich nicht sonderlich begabt war. Das Lernen fiel mir schwer. In meiner Klasse saß ich auf der hintersten Bank, wo die Versager ihren Platz hatten. Während meiner ganzen Schulzeit hatte ich nicht eine einzige Freundin. Ich war auch schlecht gekleidet, musste die Sachen von meinen Geschwistern auftragen und meine Schuhe hatten Löcher in den Sohlen. So litt ich im Sommer unter nassen Füßen, wenn es regnete, und im Winter plagten mich Frostbeulen. Mit vierzehn Jahren kam ich in einen Geschäftshaushalt als Küchenhilfe. Da habe ich gestaunt, was mittags alles auf dem Tisch aufgetragen wurde. Zum ersten Mal konnte ich mich richtig satt essen. Meine Chefin sorgte auch sonst gut für mich, kaufte mir einen Rock mit Bluse und Sandalen. Ich fühlte mich in meiner neuen Bekleidung fast so wie eine Königin. Hier ging es mir wirklich gut. Leider konnte ich nur drei Jahre in diesem Haus bleiben, weil meine Chefin an Krebs starb. Das hat mich unsäglich traurig gemacht. Ich war in ein Haus gekommen, in dem ich wunderbar geliebt wurde. Hier habe ich auch zum ersten Mal etwas von Christus gehört und wurde sonntags in den Gottesdienst eingeladen.

In einem Altenheim konnte ich dann eine neue Arbeitsstelle finden. Aber die Köchin, der ich nun unterstellt wurde, war ein regelrechter Drache. Vor ihr hatte ich Angst und mehr als einmal hat sie einen Kochtopf oder einen Blechteller nach mir geworfen. Hier blieb ich nur anderthalb Jahre. Es war die Hölle. In dieser Zeit lernte ich ein junges Mädchen aus unserer Kirchengemeinde kennen. Durch sie wurde mir die Bibel vertraut und in mir wuchs das Verlangen, auch Christus zu lieben und ihm zu dienen. Aber zur Heilsgewissheit bin ich nie durchgedrungen. In einer diakonischen Einrichtung wollte ich gerne den Beruf einer Schwesternhelferin erlernen. Auch die Tracht hatte es mir angetan. Kurz vor der Prüfung ereilte mich ein rabenschwarzer Tag. Die Oberin teilte mir mit, dass ich den Anforderungen einer solchen Aufgabe nicht gewachsen sei. Aber sie war bereit, mir in einer Großwäscherei einen Arbeitsplatz zu besorgen. Von einem Tag auf den andern musste ich meine schöne Tracht samt Haube ausziehen und vierzig Kilometer weiter in eine andere Stadt umziehen. Fast vierzig Jahre stand ich im Dampf der Maschinen und musste sie bedienen. Diese Arbeit hätte ich mir selbst nicht ausgesucht, aber ich musste ja mein Brot verdienen. Rosen sind mir auf meinem Lebensweg nicht gestreut worden und freundliche Worte habe ich nur selten gehört.

Heute wohne ich nun schon seit fünf Jahren in einem Altenheim. Äußerlich geht es mir gut. Ich habe ein nettes Zimmer sogar mit Balkon und werde freundlich behandelt. Aber ich fühle mich doch sehr allein. Ich bin auch nicht fähig, eine Beziehung zu meinen Mitbewohnern aufzubauen. Was mich freut, ist der Kontakt zu

Schwester Ilse. Sie ruft mich, wenn sie Hilfe braucht. Da ich noch gut zu Fuß bin, erledige ich für die Heimbewohner so manchen Stadtgang, gehe in die Apotheke, kaufe auf dem Markt Obst ein oder begleite die eine oder andere Dame zum Arzt. Dann fahren wir immer mit einem Taxi. Solche Fahrten konnte ich mir früher nicht leisten. Außerdem hat mir Schwester Ilse die Blumenpflege im Heim übertragen. Blumen habe ich schon immer geliebt und nun darf ich sie zum Grünen und Blühen bringen. Die Tage hier auf der Freizeit in Bad Brückenau haben mich innerlich sehr aufgerüttelt. Ich weiß, ich tauge nicht vor Gott. Und doch habe ich ein solch starkes Verlangen, mit ihm in eine innige Verbindung zu treten. Ich möchte wie die anderen Frauen die Gewissheit haben, dass Jesus mein Erlöser ist.«

Jetzt war ich an der Reihe und ich tue nichts lieber, als Menschen in die Gemeinschaft mit Christus zu führen. Noch einmal erklärte ich Frau Holder, wie sie die Vergebung ihrer Schuld erlangen kann, und versuchte ihr deutlich zu machen, wie sehr sie von Gott geliebt wird. Dabei kam mir ein wunderbarer Text aus Hesekiel 16,4-14 zu Hilfe. Ich will ihn hier sinngemäß wiedergeben. Er passte genau in die Lebensführung von Frau Holder:

> Als du geboren wurdest, hat man sich kaum um dich gekümmert und dich in Windeln gewickelt. Niemand war da, der sich über dich erbarmt hätte. So sehr wurde deine Seele verachtet. Ich, dein

Gott, ging an dir vorüber und sah dich in deinem Elend. Da sprach ich zu dir: Du sollst leben, ja, du sollst leben! Ich habe dich heranwachsen lassen, und du bist schön und groß geworden. Als ich an dir vorüberging, wollte ich mich dir zuwenden. So breitete ich meinen Mantel über dich und deckte deine Sünden zu. Ich schloss einen Bund mit dir, und du solltest mein sein. Ich kleidete dich in kostbare Kleider und Schuhe und schmückte dich mit Kleinoden und Ketten. Auch legte ich dir einen Reif um deine Stirn und krönte dein Haupt. Außerdem gab ich dir köstliche Speisen zu essen. Milch und Honig stellte ich auf deinen Tisch. Du wurdest wie eine Königin geachtet, und überall sprach man von deiner Schönheit und deinem Schmuck.

Diese wunderbare Botschaft teilte ich Frau Holder mit und wir beteten zusammen. Und wieder brach im Himmel der Jubel der Engel an, weil ein suchender Mensch heimgefunden hatte in die Arme Gottes.

Es war spät geworden in dieser Nacht, als wir uns verabschiedeten. Seitdem hatte ich mit Frau Holder jedes Jahr eine Freizeit im Allgäu erlebt. Sie liebte das herrliche Haus in Moosbach. Einmal kam sie sehr aufgeregt zu mir. Sie erzählte mir: »Frau Bormuth, eben wollte ich meinen Tagungsbeitrag an der Rezeption bezahlen. Da sagte mir der Leiter des Heims: ›Frau Holder, für Sie ist schon alles bezahlt. Aber ich darf Ihnen nicht sagen, wer Ihnen diese Freude gemacht hat.‹ Ich habe hin und her überlegt, wer diesen hohen Betrag von 695 DM überwiesen haben könnte. Aber darauf finde ich keine Antwort.«

Ich wusste es auch nicht. Erst Jahre später erfuhr sie, dass sich der Oberbürgermeister der Stadt diese Überraschung für sie ausgedacht hatte. Er wollte ihr mit diesem Geld ein Dankeschön sagen für ihren unermüdlichen Einsatz im Altenheim. Sie war für das Haus ein großer Segen. In ihr hatte ich auch eine treue Beterin für meine Familie gefunden. Sie begleitete den Weg unserer Kinder im Studium und ich musste ihr immer berichten, an welcher Universität sie gerade studierten. Als Gottfried sein zweites Staatsexamen bestanden hatte und nun zum Pfarrer ordiniert wurde, dankte sie im Gebet Gott für unseren Sohn. Dann fügte sie im Gespräch mit mir noch an: »Den Talar für Gottfried bezahle ich.« Ich konnte ihr diese Liebestat nicht abschlagen.

Ich war dankbar, dass Frau Holder meine Freundin geworden war. Öfter besuchte ich sie, wenn ich auf meinen Vortragsreisen in ihrer Nähe war, und schrieb ihr auch jeden Monat einen langen Brief. Glücklich ist der Mensch, der um solch eine treue Freundin in seinem Leben weiß! Mir war dieses Glück widerfahren.

Grüße aus dem Spreewald

Bekümmert war ich heute Morgen. Mein Mann musste unseren kleinen Enkelsohn Emanuel in die Klinik bringen. Dort sollte er operiert werden. Mir tat das Kind leid. Er ist ja gerade erst vor Kurzem fünf Jahre alt geworden. In den vergangenen Monaten hatten ihm Fieberschübe oft zu schaffen gemacht und nun sollten die Mandeln entfernt werden. Als Großmutter empfindet man den Schmerz eines Enkels besonders tief.

Doch der Kleine selbst munterte mich auf. »Weißt du, Lotta Oma, ich bete immer in meinem Morgengebet, dass ich einen guten Schlaftrunk vor der Operation erhalte.« Damit meinte er die Narkose. Und da er noch nicht wusste, was da auf ihn zukam, war er recht vergnügt, als er schon sehr früh ins Auto stieg. Er schaute zum Himmel und rief aus: »Opa, sieh nur die Sterne, sie leuchten hell und klar!«

Nun saß ich zu Hause und wartete auf den Anruf, wie der Eingriff verlaufen war. So war meine Traurigkeit verständlich. Und dann klingelte das Telefon. Heute war ja auch mein Geburtstag. Der Anruf kam aus dem Spreewald. Eine alte Dame von 89 Jahren wollte mir gratulieren. »Frau Bormuth, kennen Sie mich denn nicht mehr? Ich hatte Ihnen beim Frauenfrühstück gegenübergesessen, als Sie vor vier Jahren bei uns in Pleiz waren.«

Ich musste im Stillen lachen und dachte: Liebe Frau, wenn du wüsstest, wie vielen Menschen ich in den letzten vier Jahren gegenübergesessen habe, dann würdest du verstehen, dass ich mich gar nicht an dich erinnern kann.

Ich erhielt viele Glückwünsche zu meinem Geburtstag, aber der Anruf aus dem Spreewald freute mich besonders. Durch ihn wurde die Erinnerung an die letzten Tage im Januar 1945 wieder lebendig. Wir befanden uns damals mit zwei offenen Kastenwagen auf der Flucht vor den russischen Panzern. Die ersten Wochen waren wir Tag und Nacht durchgefahren und hatten nur manchmal kurze Rast gemacht, um die Pferde zu füttern und zu tränken. Wir Kinder blieben aber mit dicken Federbetten zugedeckt auf unserem Gefährt sitzen, denn dieser Winter war bitterkalt. Minus 20 Grad zeigte das Thermometer an. Zum Glück hatte meine Mutter ein Nachttöpfchen auf den Wagen stellen lassen; denn auf dem Fluchtweg hätte man nicht bei jeder Notdurft der Kinder die Pferde anhalten können, sonst wäre der lange Treck ins Stocken geraten. Es gab bei uns Flüchtlingen nur eine Devise: Fahren! Nur fahren! Ja nicht von der feindlichen Front überrannt werden! Das hätte für uns den Tod bedeutet.

Als wir dann aber die Oder überquert hatten, war die Angst nicht mehr so bedrängend und über Nacht fuhren wir mit unseren sechs Pferden auf einen Bauernhof. Meist fanden wir in Scheunen und Ställen eine Bleibe für unsere Tiere. So erreichten wir auch den Spreewald und wurden bei Sorben einquartiert. Die Dorfbewohner hatten uns deutschen Flüchtlingen gegenüber zunächst Vorbehalte, denn diese Volksgruppe wurde unter Hitler stark gedemütigt und unterdrückt, weil sie einem slawischen Stamm angehörte, der in der Lausitz angesiedelt war. Heute leben etwa 100.000 Menschen in dem Gebiet um Cottbus. Im Mittelalter hatten sie sich hier niedergelassen und waren mit dem Evangelium bekannt gemacht worden. Sie konnten aber ihr slawisches Volkstum und seine Eigenart bewahren und noch heute sprechen viele von ihnen neben Deutsch auch Sorbisch.

Auch uns gegenüber hegte der Bauer gewisse Vorbehalte und unsere Unterbringung war nicht gerade zufriedenstellend. In einem Hühnerstall hatte er mehrere Bund Stroh zum Schlafen ausgebreitet. Der Geruch der vielen Hühner machte es uns schwer, zur Ruhe zu finden. Aber dann sprach mein Vater mit dieser Familie Russisch und die kulturellen Barrieren wurden somit abgebaut. Plötzlich gehörten wir zu ihnen und waren keine Nazis mehr. Die Familie lud uns in ihr Haus. Hier waren die Tische schon gedeckt und wir wurden aufs Beste versorgt. Die herrlichsten Köstlichkeiten wurden hereingetragen: Eier, Wurst, Speck, Schinken und außerdem noch Kuchen und Stollen. An diesem Abend mitten in allem Kriegsgeschehen feierten wir sogar ein Fest. Die Töchter des Bauern zogen ihre wunderschönen Trachten an. Der Sohn holte seine Ziehharmonika hervor und spielte flotte Tanzmelodien. Wir sangen unsere etwas schwermütigen bessarabischen Lieder, und bevor wir zu unseren Betten geführt wurden, erklang unser Heimatlied, das wir mit bewegender Inbrunst sangen.

Gott segne dich, mein Heimatland,
ich grüß dich tausendmal,
dich Land, wo meine Wiege stand
durch meiner Väter Wahl.
Du Land, an allem Gut so reich,
ins Herz schloss ich dich ein,
ich bleib dir in der Liebe treu,
im Tode bin ich dein.
So schirme Gott in Freud und Leid
dich, unser Heimatland!
Bewahr der Felder Fruchtbarkeit
bis hin zum Schwarzmeerstrand.

Dann wurde uns die Tür zum Schlafzimmer geöffnet. Weiß bezogene Kissen und Federbetten erwarteten uns. In dieser Nacht schliefen wir nicht im Hühnerstall, sondern in geheizten Räumen in den Ehebetten unserer Gastgeber. Welch eine Wohltat wurde uns zuteil. Am anderen Morgen konnten wir uns gründlich waschen, ehe wir uns an den Frühstückstisch setzten. In diesem Quartier wären wir gerne noch länger geblieben, aber wir mussten weiter westwärts fahren. Bevor unsere Pferde lostrabten, reichte uns die Bäuerin noch einen großen Korb mit eingemachtem Obst, Brot, Wurst und einem großen Stück Schinken.

Können Sie, meine lieben Leser, verstehen, wie warm es mir ums Herz wurde, als mich der Geburtstagsgruß aus dem Spreewald erreichte? Noch immer begleiten mich die Worte aus Psalm 103: *Lobe den Herrn, meine Seele, und vergiss nicht, was er dir Gutes getan hat.* So feierte ich mein Jubelfest in inniger Freude.

Eine Stunde später erreichte mich auch der Telefonanruf meines Sohnes, dass die Operation von Emanuel ohne Komplikation verlaufen sei. Es sei wirklich höchste Zeit gewesen, dass die Mandeln entfernt wurden. Sie waren stark vereitert und hatten dem Kind viel Not bereitet. Solch gute Nachricht einer Heilung ist für eine Großmutter das schönste Geburtstagsgeschenk und erfüllt ihr Herz mit Lob und Dank.

Und noch eine nette Geschichte meines Enkels will ich erzählen. In der Zeit, als ihn wegen der vereiterten Mandeln das hohe Fieber plagte, konnte er nachts oft nicht schlafen. Er wälzte sich in seinen Kissen hin und her und war sehr unruhig. Da fragte ihn unser Sohn: »Na, Emanuel, wie geht es dir? Kannst du gar nicht schlafen? Was machst du denn so?«

»Papa, ich unterhalte mich mit dem lieben Gott.«

»Und was sagst du ihm so?«

»Na, ich erzähle ihm, dass ich ihn sehr lieb habe und dass er mich liebt. Und dann sage ich ihm noch, dass Jesus mein bester Freund ist.«

»Ja, mein Schatz, das ist recht so, aber vielleicht kannst du jetzt doch deine Äuglein schließen und etwas Schönes träumen.«

»Ja, Papa, wenn das immer so leicht wäre, aber ich will es versuchen.«

Nun war der Junge operiert, und wir alle hofften, dass diese schlimmen Fieberschübe ab jetzt ausblieben. Die Zeit im Krankenhaus war für unseren Liebling eine reiche Zeit. Öfter wurde er vom Pförtner übers Telefon gerufen, er möge sich Post abholen. Manchmal war sogar ein Paket von seiner anderen Oma und von seiner Patentante angekommen. Über Besuch freute er sich immer sehr. Eigentlich hatte er erwartet, dass ich ihn auch besuche. Aber unser Sohn erzählte ihm: »Weißt du, Emanuel, heute kann deine Oma Lotte nicht kommen. Sie feiert ihren Geburtstag. Und dann ist sie auch noch krank geworden.«

»Und wie alt wird sie denn?«

»77 Jahre. Aber übermorgen will sie zu dir kommen. Und dann bringt sie dir noch ein schönes Geschenk mit. Das hat sie mir schon verraten.«

»Gut, dann soll sie eben übermorgen zu mir kommen, wenn sie dann noch lebt.«

Als mir unser Sohn diese nette Begebenheit berichtete, musste ich natürlich schmunzeln. Aber ich verstand, dass für einen Fünfjährigen 77 Jahre sehr, sehr alt sind und dass er richtig überlegt hat, die Oma könnte ja schon sterben.

Heute war Emanuel zu seiner Nachuntersuchung in der Klinik und musste sich bei seinem Doktor vorstellen. Bei der Begrüßung drückte er ihm ganz fest die Hand: »Du bist der beste Arzt in der ganzen Welt«, lobte er Dr. Rausch. Solche Worte erfreuen natürlich auch einen Arzt.

Der Geburtstagsgottesdienst

Zu einem besonderen Gottesdienst hatte uns unser Sohn Daniel eingeladen. Aber mein Mann und ich waren skeptisch, ob wir bei der Wetterlage kommen könnten, und sagten zunächst ab. Es war draußen bitterkalt. Schnee und Eis machten die Wege oft unpassierbar. Da bleibt man am liebsten in seinen warmen vier Wänden und vergnügt sich mit einem spannenden Buch. Als Daniel den Hörer aufgelegt hatte, wurde uns erst bewusst, wie enttäuscht er war. Er hätte uns gerne in seiner Mitte gehabt. Als wir am nächsten Morgen aus dem Fenster schauten, sahen wir, dass kein neuer Schnee vom Himmel gefallen war. Es hatte sogar etwas Tauwetter eingesetzt.

Spontan rief ich meinem Mann zu: »Komm, Karl-Heinz, lass uns nach Bad Zwesten fahren. Die Straßenverhältnisse haben sich zum Besseren gewendet.« Wir tranken schnell noch unseren Kakao aus, mein Mann holte das Auto aus der Garage und schon ging es Richtung Kassel. Pünktlich bis elf Uhr würden wir es zwar nicht schaffen, das Gotteshaus zu betreten, das war uns bewusst. Drei Minuten nach Beginn des Gottesdienstes parkten wir unser Auto vor der Kirche. Ein mächtiger Gesang hallte schon bis auf die Straße zu uns herüber.

»Großer Gott, wir loben dich!
Herr, wir preisen deine Stärke!
Vor dir neigt die Erde sich
und bewundert deine Werke.
Wie du warst vor aller Zeit,
so bleibst du in Ewigkeit.
Herr, erbarm, erbarme dich!
Auf uns komme, Herr, dein Segen!
Deine Güte zeige sich
allen der Verheißung wegen.
Auf dich hoffen wir allein;
lass uns nicht verloren sein.«

Diesem Gesang spürte man ab, dass die meisten Männer in einem Chor sangen. Da unser jüngster Sohn immer gerne mehrere Strophen singen lässt, gelang es uns, unauffällig noch während des Liedes die Kirche zu betreten. Auf der letzten Bank waren gerade noch zwei Plätze frei und ein junger Mann schob uns das Liederbuch zu. Einige der Besucher kannten uns und winkten uns freundlich zu. Als dann Daniel an den Altar trat, entdeckte er uns sofort. Ein fröhliches Lächeln überflog sein Gesicht und er begrüßte uns vor seiner Gemeinde sehr herzlich. Mit unserem Kommen hatten wir ihm eine große Freude bereitet.

Da er seinen 38. Geburtstag feierte, wollte er seiner Gemeinde Anteil an seinem Leben geben. Er stellte seine Predigt unter den Gedanken, was Menschen ihm auf dem Weg des Glaubens bedeuteten. So begann er:

Dieser Tag lässt mich zurückschauen auf mein bisheriges Leben. Es macht mich zutiefst dankbar, dass ich in eine christliche Familie hineingeboren wurde. In unserem Haus wurde viel gebetet: morgens und abends und zu Tisch. Vor allen Dingen betete mein Vater mit mir, wenn in der Schule eine Klassenarbeit anstand. Damit nahm er mir die Angst. Als Nachzügler wurde ich geboren und später erzählte man mir, dass Nachbarn und Bekannte sich wunderten, warum denn diese Familie zu ihren vier Kindern nun noch ein fünftes erwartete. Einige wüste Sprüche machten sogar die Runde. Erst als meine Mutter mit strahlenden Augen sagte, dass sie sich auf dieses Kind freute, ließ das Gerede nach. Als ich dann das Licht der Welt erblickt hatte, glich unser Haus einem Blumenladen, so sehr nahmen nun die Anwohner Anteil an unserem Glück. Bei der Geburt strahlte mein Vater, schaute mich von allen Seiten an und sagte zu meiner Mutter: »Lotte, wir haben ein schönes Kind. Der Junge hat jetzt schon einen Theologenblick. Prediger wird er werden.« Meine Mutter war zwar noch schwach von den Strapazen der Geburt, konnte es aber nicht lassen, mit etwas ironischem Unterton zu sagen: »Na, Karl-Heinz, wenn alle Theologen mit so verkniffenem Blick in die Welt schauen, ist es um unsere Kirche schlecht bestellt.« Aber mein Vater behielt recht. Schon gleich nach meinem Abitur wurde mir klar: Ich will Pfarrer werden.

Meine Schwester und meine drei Brüder waren ganz ausgelassen vor Glück, als sie am frühen Morgen erfuhren, dass sie noch einen Bruder bekommen hatten. Wie wild tollten sie durch das Haus und riefen laut: »Wir haben einen Bruder.« Dann griffen sie zum Telefon und riefen die Großeltern, Onkel und Tanten an, die noch ganz schlaftrunken den Hörer abnahmen. Am liebsten wäre es ihnen gewesen, wenn die ganze Welt an ihrer Freude teilgenommen hätte. Als ich dann nach zehn Tagen das Krankenhaus verließ und in meine rote Wiege gelegt wurde, wollte mein Bruder Gottfried mich unbedingt in seine Schule mitnehmen und mich seinen Lehrern zeigen. Aber diesen Wunsch konnten ihm meine Eltern nicht erfüllen.

Es ist einfach wunderbar, in einen solch liebevollen großen Geschwisterkreis hineingeboren zu werden. Nie habe ich mich fürchten müssen, wenn meine Brüder oder meine Schwester in meiner Nähe waren. Ich bin bis heute dankbar für den guten Zusammenhalt in unserer Familie.

In unserer Gemeinde wurden die Kleinen so zwischen zwei und fünf Jahren während des Gottesdienstes von einer Diakonisse betreut. Schwester Klara empfing mich immer mit offenen Armen. »Schön, mein Schatz, dass du wieder da bist«, begrüßte sie mich. Unter den vielen Menschen, die bei uns den Gottesdienst besuchten, hatte ich

immer Angst, meine Eltern könnten mich vergessen und ich würde nicht abgeholt. Ich blieb über viele Jahre ein ängstliches Kind. Aber Schwester Klara setzte mich auf ihren Schoß, sang mir kleine Liedverse vor, die ich schon gelernt hatte, oder erzählte mir eine biblische Geschichte. Wenn ich ihre Hand auf meinem Köpfchen spürte, war mir zumute, als stünde Jesus selbst vor mir und legte mir segnend die Hände auf. Schwester Klara verehrte ich sehr. Sie leitete die Waschküche, in der jede Woche zwei bis drei Tonnen Wäsche gewaschen wurden. Das Krankenhaus, das Freizeitheim und das Mutterhaus sorgten dafür, dass die Diakonisse mit ihren Mitarbeitenden nie ohne Arbeit war. In einer ihrer vielen Schubladen hatte sie neben den Waschmaschinen immer etwas Süßes versteckt und ich verließ nie ohne ein Geschenk ihren Arbeitsplatz.
Schwester Klara war nicht die Einzige, die mich liebte. Viele Diakonissen zeigten mir, wie sehr sie sich freuten, wenn ich ihnen beim Spielen begegnete. Meist holten sie aus ihren weiten Rocktaschen Schokoladenriegel oder Bonbons hervor. Entdeckte ich eine weiße Haube, dann sprang ich schon der Schwester in die Arme. Noch heute weiß ich mich von ihren Gebeten getragen.
In froher Erinnerung schwelge ich, wenn ich an meine Jungscharzeit denke. Markus und Christoph waren meine Leiter. Wie viele frohe Spiele

haben mich an den Nachmittagen erfreut und die biblischen Geschichten, die sie uns ganz spannend erzählten, legten einen festen Grund in mein Leben. Heute ist mir in meinem Dienst in der Gemeinde der Dienst an den Kindern sehr wichtig.

Kürzlich war ich beruflich im Kindergarten unterwegs. Plötzlich kam mir ein kleines Mädchen mit langen blonden Haaren entgegen und sagte: »Du, dich kenne ich doch. Es war in der Kinderbibelwoche so schön mit dir auf der großen Wiese. Machst du dieses Jahr wieder ein großes Fest mit uns? Lass es ruhig wieder eine ganze Woche dauern.« Die Kleine hat mich neu daran erinnert, wie wichtig die Arbeit an den Kindern ist.

Bevor ich mein Studium der Theologie begann, habe ich eine Bibelschule in Hermannsburg besucht. Dort begegnete ich hervorragenden Lehrern, die mir für meinen Verkündigungsdienst bedeutsam geworden sind. Dr. Mann wurde mir für einige Jahre zum Begleiter und Seelsorger auf meinem Weg. Ein- oder zweimal im Jahr besuchte ich ihn. Er nahm sich viel Zeit für mich und wanderte meist schnellen Schrittes mit mir durch die Lüneburger Heide. Ihm konnte ich alles anvertrauen, was mich erfreute oder aber auch belastete. Erst viel später bei seinem allzu frühen Heimgang in Gottes neue Welt erfuhr ich, wie stark dieser so begabte und bevollmächtigte

Zeuge Jesu selbst angefochten war. Wahrscheinlich haben ihn gerade seine dunklen Stunden in die Arme Gottes getrieben und ihn seine große Barmherzigkeit erfahren lassen, die er dann andern weitergab.
Aber an diesem Tag heute gilt vor allen Dingen Ihnen, liebe Gemeinde, mein Dank. Ich freue mich über Ihren vielseitigen ehrenamtlichen Einsatz und danke Ihnen für Ihre treuen Gebete. Ich bin gerne Ihr Pfarrer, weil Jesus mein Guter Hirte ist und mir diese Aufgabe hier in Bad Zwesten und meinen beiden Filialdörfern anvertraut hat.

Für uns als Eltern war dies ein froher Tag, und erneut wurde mir bewusst, welch wunderbare Gabe Gottes unsere Kinder sind.

Djomo, unser afrikanischer Freund

Es gibt Tage, die gefallen mir überhaupt nicht. Heute ist solch ein Tag, dazu noch ein strahlender Sonntag. Schon in aller Frühe wurde ich geweckt, wo ich doch so gerne mal ausschlafen wollte. Um halb fünf Uhr morgens stand plötzlich Djomo vor meinem Bett. In der Hand hielt er eine Schachtel mit zehn Eiern. »Madame, ich habe Hunger.« Dabei schaute er mich mit großen Augen an. Djomo ist unser neuer Sprachschüler und erst gestern aus Guinea bei uns eingetroffen. Seine Zeitvorstellung ist ihm auf der langen Reise völlig durcheinandergeraten und die Umstellung, so plötzlich von Afrika nach Deutschland versetzt zu werden, macht ihm viel zu schaffen. Alles ist so ganz anders: die Menschen, die Sprache, das Klima, die Ernährungsweise. Für einen Achtzehnjährigen, der, ohne seelisch darauf vorbereitet zu werden, aus seinem ländlichen Leben mit seiner Familie in ein Land wie Deutschland eingeflogen wurde, ist das schon ein herber Eingriff. Anscheinend ist er von unserem deutschen Brot am Abend zuvor nicht satt geworden, und vom Hunger geplagt trieb es ihn so früh zu mir ins Schlafzimmer.

Natürlich war ich zunächst erschrocken und schickte ihn stehenden Fußes in die Küche. »Djomo, um halb sieben komme ich, dann bereite ich dir das Frühstück, lass mich jetzt noch schlafen, ich bin müde«, sagte ich ihm auf Französisch. Auf leisen Sohlen schlich sich unser Freund wieder zur Tür hinaus und für mich blieben noch zwei schöne lange Stunden in den weichen Federn.

Als ich dann zur vereinbarten Zeit in der Küche erschien, saß unser Afrikaner schon auf der Eckbank und wartete sehnsüchtig auf mich.

»Wie viele Eier soll ich kochen?«, fragte ich ihn und er hielt mir seine zehn Finger entgegen.

»Das ist zu viel«, entschied ich und legte nur die Hälfte der Packung in den Topf. Aber wie erstaunt war ich, als er im Nu ein gekochtes Ei nach dem andern blitzschnell schälte und es ganz hinunterwürgte. Noch keine zwei Minuten waren vergangen und alle fünf Eier schon gegessen. *Junge, dein Appetit ist zu bewundern*, dachte ich im Stillen.

Beim Mittagessen erlebte ich die nächste Überraschung. Djomo traute der deutschen Küche nicht und war nicht zu bewegen, in ein Restaurant oder in eine Imbissstube oder in die Mensa zu gehen, wie es eigentlich für die ausländischen Studenten vorgesehen war. So wollte er selbst kochen und erschien bei mir am Herd mit einer großen Tüte Pommes frites in der einen Hand und in der anderen eine Flasche Öl. Ich war nicht gerade von seiner Kochkunst begeistert. Das Fett spritzte nur so durch die Gegend und die Flecken an der Tapete waren nicht zu übersehen. Ärger stieg in mir hoch, aber ich beherrschte mich und nahm schließlich die Zubereitung seines Mittagessens selbst in die Hand. Djomo war damit einverstanden und eine halbe Stunde später saßen wir alle rund um den Tisch und ließen uns das Mahl schmecken. Mein Zorn war verflogen und ich freute mich auf einen ausgiebigen Mittagsschlaf.

Aber daraus wurde nichts. Ich hatte noch nicht einmal das Geschirr gespült, da erschien Djomo wieder bei mir. »Madame, ich will meine Hose waschen.«

»Brauchst du Waschpulver?«, fragte ich ihn auf Französisch und er nickte. So drückte ich ihm ein Viereinhalb-Kilo-Paket Persil in die Hand und mein Student verschwand damit im Badezimmer. *Nun würde ich endlich meine Ruhe haben*, dachte ich und legte mich in mein Bett. Ich war kurz eingenickt, da rief mich mein Mann ziemlich aufgeregt: »Lotte, komm schnell, schau mal nach, da oben im Badezimmer scheint etwas nicht in Ordnung zu sein. Ständig höre ich das Wasser rauschen und unser Afrikaner rennt hin und her.«

Diesmal war ich wirklich wütend. Keinen Augenblick hatte ich Ruhe und ärgerlich stieg ich die Treppe hinauf. Ich wollte losbrüllen, aber da meine Französischkenntnisse denkbar schlecht sind, fielen mir keine Schimpfwörter ein. Ich hätte aus der Haut fahren mögen. Unser guter Djomo stand in einem Berg von Schaum hilflos und verängstigt und wusste nicht, wie er mit dieser Menge weißen Zeugs zurechtkommen sollte. Je mehr Wasser er auf das Pulver fließen ließ, desto größer wurde der weiße Berg. Das Badezimmer war total mit Schaumflocken bedeckt und das perlende

Weiß drängte schon zur Tür auf den Flur hinaus. Der schwarze Mann mitten im schäumenden Persil wirkte wie eine Figur aus dem Märchen aus Tausendundeiner Nacht. Er stakste darin herum und wusste sich keinen Rat mehr. Immer größer wurde die Lawine, die weiter vor rollte. Aus Unkenntnis hatte Djomo das große Paket ganz in das Duschbecken geschüttet und war von der Wirkung des Waschmittels überwältigt. Längst war mein Zorn verraucht, mir tat Djomo leid. Er war völlig verwirrt, rieb sich verzweifelt die Hände und rief mir zu: »Madame, je fais tous propre« (Ich bring' schon alles wieder in Ordnung). »Patience Madame, patience« (Nur Geduld, nur Geduld). Ich muss nicht unbedingt erwähnen, wie viel Mühe ich anschließend hatte, um uns von diesem lästigen Weiß zu befreien. Aber auch der Lohn für diese Arbeit war nicht zu übersehen: ein strahlend glänzendes Bad, porentief rein. Im Bad öffnete ich das Fenster und mit einer Kehrschaufel warf ich den Schaum in den Garten. Mitten im heißen Sommer zauberte ich somit eine herrliche Winterlandschaft auf den Rasen.

Dieses Bild von Djomo, wie er mit aufgekrempelten Hosenbeinen in dem Berg von Schaum herumstakste und versuchte, sich aus dem lästigen Weiß zu befreien, ist mir eindrücklich geblieben.

Ich kenne Situationen, da geht es mir ähnlich wie unserem afrikanischen Freund. Ich weiß um lästige Berge von Trümmern und Zerstörung, um bei diesem Bilde zu bleiben, in denen ich auch herumstakse und keine

Möglichkeit sehe, sie zu beseitigen. Ich versuche, den Dreck wegzuräumen, aber wohin damit? Gelingt es mir, das Übel aus dem Weg zu schaffen? Mein Ausruf »Je fais tous propre« (Ich bringe alles wieder in Ordnung) ist doch nur ein kläglicher Aufschrei und Ausdruck meines vergeblichen Bemühens angesichts des Schadens, den ich in meinem Leben schon angerichtet habe. Es ist unmöglich, meiner Schuld beizukommen. Ich kenne Lagen, wo ich in den Ruinen herumstolpere und mich an den Steinen- und Scherbenhaufen wund stoße. Aus dieser Ausweglosigkeit gibt es kein Herauskommen. Oder kann mir ein Mensch sagen, wie ich z. B. das Vertrauen wiederherstelle, das ich durch eine Lüge zerstört habe?

Es ist für mich schon eine demütigende Erfahrung, die Trümmer im eigenen Leben zu entdecken, und ich müsste verzweifeln, wüsste ich nicht um die Vergebung meiner Schuld. Von Jesus heißt es: »Er wird sein Volk retten von ihren Sünden.« Bei ihm darf ich Schuld loswerden durch das offene Bekenntnis. Denn Johannes schreibt: *So wir unsere Sünde bekennen, so ist Jesus treu und gerecht, dass er uns die Sünde vergibt und reinigt uns von aller Untugend.* Am Kreuz auf Golgatha hat Christus mir die Aussöhnung mit Gott erworben, indem er meine Schuld auf sich nahm und für sie büßte. Ich brauche nun nicht länger in meinem Trümmerhaufen herumzustolpern und brauche mich nicht selbst abzumühen, den Schutt zu beseitigen, ich kann es ja auch gar nicht, sondern ich darf zu Christus kommen, ihm alles sagen und unter dem Zuspruch des Herrenwortes Vergebung erlangen.

Da bleiben mir nur der Jubel und die Freude für diese große Tat Jesu am Kreuz. Er hat für mich alles in Ordnung gebracht.

Geschenke, die nicht nur ein Kinderherz erfreuen

Es war in dem heißen Sommer 1945. Heimatlos geworden irrten wir auf den Straßen umher, bis uns das Schicksal nach Hessen verschlug. Bei einem Gutsbesitzer fand mein Vater Arbeit und für unsere drei noch verbliebenen Pferde einen Stall und Futter. Der große Hof lag direkt an der Fulda inmitten von herrlichem Wald umgeben. Wasser hat mich schon von jeher fasziniert und das ist verständlich, wenn ich erwähne, dass ich in einer Gegend am Schwarzen Meer, in Bessarabien, geboren wurde. Jeden Sommer verbrachten wir mehrere Wochen am Strand und tummelten uns in den brausenden Wogen.

So saß ich an einem heißen Julitag am Ufer der Fulda und schaute einer Schar von Kindern zu, die im Wasser badeten. Sehnsüchtig glitten meine Blicke zu ihnen hinüber. Wie gerne hätte ich mit ihnen geplanscht! Ihre weißen Schwimmkissen weckten in mir die Lust, es ihnen gleichzutun. Aber ich war ja ein Flüchtlingskind und besaß weder Badehose noch Schwimmreif. Mir blieb also nur das Zuschauen, wie sie sich in ihren Schwimmgürteln in den Fluten treiben ließen. Vom Flussrand aus gesehen war es mir, als schwämmen dort Engelchen mit Flügeln.

Meine Mutter muss mich wohl von der angrenzenden Wiese aus beobachtet haben. Sie kam zu mir herüber und sagte: »Komm, Lotte, ich nähe dir ein Schwimmkissen, dann kannst du mit den andern baden gehen.« Ich war beglückt und eilte mit meiner Mutter zu unseren zwei kleinen Zimmerchen. In unseren wenigen Habseligkeiten kramte Mutter herum und fand zwei fast gleich große Leinensäckchen, in denen wir auf der Flucht das Brot aufbewahrt hatten. Sie nähte mit der Hand ein Gurtband daran und schon hatte ich auch ein Schwimmkissen. Wie ich zu einer Badehose gekommen bin, das weiß ich heute nicht mehr. Wahrscheinlich musste ein Unterhöschen herhalten. Ich konnte jedenfalls mit den anderen Kindern in den Wellen der Fulda schwimmen. Ich blies die beiden nassen Leinensäckchen auf, schnürte sie um die Brust und erlebte das Wunder: Die Schwimmkissen trugen mich in den Fluten. Wie ein Schwan glitt ich über das Wasser und vom Ufer winkte mir meine Mutter zu.

Inzwischen sind gut vierzig Jahre vergangen, aber vergessen habe ich mein erstes Badeerlebnis in der Fulda nicht. In meinem Herzen regt sich der Dank an meine Mutter, die mit einem Blick erkannte, was ihrem Lottchen fehlte: Schwimmkissen, damit es mit den anderen Kindern die Freude im Wasser teilen konnte.

Später, als ich selbst Mutter wurde, versuchte ich diese empfangene Liebe an meine Kinder weiterzugeben. Weihnachten stand vor der Tür und ich überlegte, worüber sich unsere zwei wohl freuen würden. Fünf und sechs Jahre alt waren sie. Es sollte ein schönes Geschenk sein, aber ich verfügte nicht über viel Geld. Wir hatten gebaut und die finanziellen Belastungen waren sehr groß. Immer wieder flatterte eine noch unbezahlte Rechnung ins Haus. Ich kam auf die Idee, Anne-Ruth und Gottfried gemeinsam einen Roller zu kaufen. Ich war begeistert und erstand schon drei Wochen vor dem Fest einen herrlichen roten Roller.

Im Plastiksack verstaut hatte ich ihn unter dem Bett im Schlafzimmer versteckt. Dann aber war es endlich so weit. Ich hatte das Weihnachtszimmer gerichtet, den Tannenbaum geschmückt und die Kerzen aufgesteckt. Alle Geschenke waren auf dem Gabentisch ausgebreitet. Den Roller stellte ich an den Heizkörper und breitete eine Wolldecke darüber. Um sicher zu sein, dass sich keiner heimlich ins Zimmer schlich, schloss ich die Tür zu und gab den Schlüssel meinem Mann, denn er zündete immer die Lichter am Baum an und ließ das Glöcklein läuten. Ich war voller Spannung und freute mich schon auf die großen, leuchtenden Augen meiner Kinder. Was würden sie wohl zu dieser Überraschung sagen?

Mein Mann war nach der Christfeier in der Kirche vorausgeeilt, um die Kerzen anzuzünden und uns ins Weihnachtszimmer einzulassen. Aber daraus wurde nichts. Er hatte, wie das bei einem zerstreuten Professor üblich ist, den Schlüssel verlegt. Die Kinder wurden unruhig, ich war ärgerlich. Wir suchten und suchten. Wo ist nur der Schlüssel zum Weihnachtszimmer?

Endlich tauchte er aus der Versenkung wieder auf. Er war in einen Socken gerutscht, der zuunterst in einer Schublade seinen Platz hatte.

Die Kinder fieberten. Es dauerte ihnen viel zu lange, bis die Weihnachtslieder gesungen, das Evangelium von der Geburt des Heilandes verlesen und das Dankgebet für Gottes großes Geschenk im Kind in der Krippe gesprochen war. Dann aber wurden die Gaben verteilt. Pfiffig, wie unser Gottfried war, hatte er gleich die graue Wolldecke ausfindig gemacht. Ein Roller, ein Roller, so ein schöner Roller! Der Jubel war kaum zu überbieten. Natürlich musste das neue Vehikel ausprobiert werden. So verbrachten wir den Rest des Weihnachtsabends bei rieselnden Schneeflocken und übten straßauf, straßab Rollerfahren. Ein wahres Vergnügen nicht nur für die Kinder.

Aber an dieser Stelle muss ich noch einen wesentlichen Teil einfügen. Die Liebe, die Eltern zu ihren Kindern haben, flutet wieder auf sie zurück. Diese Erfahrung gehört für mich zu den schönsten in meinem Dasein. Wie freue ich mich, wenn ich mir z. B. Daniels Geburtstagsgrüße anschaue. Ich habe sie an unsere Flügeltür geheftet. Worte der Losung hat er mir ausgesucht, und sie sind mir ein Wegweiser durchs neue Lebensjahr. Unter den vielen Bibelsprüchen will ich nur zwei Verse herausgreifen:

Der Herr wird seinen Engel vor dir her senden, und er wird Gnade zu deiner Reise geben.

Denn in dieser Nacht ist bei mir gestanden der Engel

Gottes, des ich bin und dem ich diene, und sprach: Fürchte dich nicht, Paulus! Du musst vor den Kaiser gestellt werden; und siehe, Gott hat dir geschenkt alle, die mit dir schiffen. Darum seid unverzagt, denn ich glaube Gott, es wird also geschehen, wie mir gesagt ist.

Wie haben mich gerade diese Verse neu für meinen Reisedienst ermutigt, wo ich schon manchmal mit dem Propheten Jesaja meinte, sprechen zu müssen: *Ich aber dachte, ich arbeitete vergeblich und brächte meine Kraft umsonst und unnütz zu, wiewohl meine Sache des Herrn ist und mein Amt meines Gottes.*

Gott gebrauchte den Jüngsten in der Familie, um mich neu in meinem Auftrag zu bestätigen, Botin meines Herrn zu sein und sein Evangelium zu verkündigen. Mit einem herzhaften Kuss auf die Wange dankte ich Daniel für seine Liebe. Der kleine Kerl wusste, dass auch Mütter den Zuspruch brauchen.

Oder ich werde an einen Brief erinnert, den mir unser Gottfried aus Vancouver schickte, wo er zwei Semester Theologie studierte.

Nach einem Unfall lag ich in der Klinik. Mein Bein war frisch eingegipst und der Juckreiz kaum auszuhalten. In dieser Situation erreichte mich sein Genesungswunsch. Treffend hatte er ihn in Worte gefasst, als er schrieb: *Aber da ich ihre Wege sah, heilte ich sie und leitete sie und gab ihnen wieder Trost. Frieden, Frieden denen in der Nähe und denen in der Ferne, spricht der Herr, ja ich will sie heilen.*

Oder ich denke an einen kleinen weißen Zettel. Matthias hatte ihn mir aufs Kopfkissen gelegt: »Dreimal Rasen mähen, unter den Sträuchern graben, Lateinvokabeln lernen, alles ohne Murren! Mama, ich hab dich lieb, dein Matthias.«

Einmal allerdings traf mich ein großer Schreck. Wir hatten unter viel Mühe um unser neu erbautes Haus die Muttererde verteilt, die Steine aufgelesen, Mist untergegraben, nach jedem Regen die langen Queckenschnüre herausgezogen und im Herbst Erdbeeren gepflanzt.

Es war Muttertag und ich dachte, ich sehe nicht recht, als unsere Anne-Ruth mit einem großen Strauß Erdbeerblüten vor mir stand und ihr Gedicht aufsagte: »Alle Blumen, die ich fand, leg ich, Mutter, in deine liebende Hand.« Auch in diesem Missgeschick offenbarte sich die Liebe meines Kindes und als ich ein paarmal tief durchgeatmet hatte, stellte ich die kleinen weißen Blüten in die Vase, aber ich muss eingestehen, dass ich mich nicht so recht darüber freuen konnte.

Eine kinderreiche Mutter zu sein, ist ein großes Geschenk. Das merke ich in besonderer Weise, wenn ich mal krank bin.

Als ich einmal mitten in der Nacht wegen einer Allergie in die Klinik eingeliefert wurde, reisten gleich zwei unserer Kinder an, um nach mir zu schauen. Ich war recht bewegt, als Johannes mit einem Bouquet roter Rosen an meinem Bett stand. »Junge, warum stürzt du dich so in Unkosten? Von deinem bisschen Geld, das dir als Student zur Verfügung steht, kaufst du solch herrliche Blumen. Ich danke dir herzlich, Johannes. Was bin ich froh, dass ich euch habe.«

Immer wieder schaute ich mir meine Blumen an. Meine Bettnachbarin meinte mit einem Schmunzeln auf dem Gesicht: »Frau Bormuth, Sie brauchen bei Ihrer großen Kinderzahl noch einen Nachttisch, damit Sie die Sträuße alle unterbringen.«

Von so viel Liebe umgeben wurde ich bald wieder gesund.

Wenn ich diesem Erleben nachsinne, bleibt mir nur der Dank. Der Dank gegen Gott, der mir eine liebe Mutter gab. Mir selbst wurde das Vorrecht zuteil, Mutter zu werden. Ich empfand viel Liebe von meinen Kindern, und das macht mich zutiefst glücklich.

Voll innerer Bewegung spreche ich wie Mose und bitte für jedes Kind: *Der Herr segne dich und behüte dich; der Herr lasse sein Angesicht über dir leuchten und sei dir gnädig; der Herr hebe sein Angesicht über dich und gebe dir Frieden.*

Die Examenstorte

Noch schmecke ich die cremig-süße Sahne auf meiner Zunge, die uns Kathrin auf den Tisch gestellt hatte. Mit den Worten »Frau Bormuth, in der Küche wartet etwas Großes, Rundes auf Sie; es muss schnellstens in den Kühlschrank« hatte sie mich überrascht. »Übrigens soll ich Sie noch von meinen Eltern herzlich grüßen. Sie lassen noch von sich hören.« Mit diesen Worten verschwand das junge Mädchen in ihrem Zimmer.

Mit dieser Torte hatte es seine besondere Bewandtnis und sie rief mir die aufregenden letzten Tage in mein Gedächtnis zurück. Kathrins Vater ist Bäckermeister. Er spendierte sie uns als einen Dankesgruß.

Kathrin wohnte während ihres Studiums bei uns. Nun war es so weit, dass sie sich dem ersten Staatsexamen in Medizin stellen musste, und die Tage vor der Prüfung waren von Ängsten, von Schlaflosigkeit, von Übelsein bis hin zu Erbrechen begleitet. Nun war die schwere Hürde genommen und die Studentin wartete gespannt auf das Ergebnis. Immer wieder wurde sie, wenn sie beim Prüfungsamt anrief, auf den nächsten Tag vertröstet. Das Ergebnis liege noch nicht vor, sagte die Dame am Hörer mit monotoner Stimme.

Wir fieberten mit diesem jungen Mädchen, beteten und hofften, dass doch bald ein positiver Bescheid einträfe. Für Kathrin war die bange Zeit des Wartens kaum noch zu ertragen. Wenn ich sie in ihrem Zimmer aufsuchte, saß sie zusammengekauert auf dem kleinen Sofa, den Kopf in den Händen vergraben. Das blau umhäkelte Taschentuch steckte feucht und zusammengeknautscht halb unter dem Kissen versteckt. Wie viele Tränen mag es wohl aufgesogen haben? Im Stillen fragte ich mich: *Liebes Kind, wie lange willst du noch weinen? Dein Kummer steht in keinem Verhältnis zu dieser Prüfung. Wäre es denn so schlimm, wenn du die Prüfung wiederholen müsstest?* Aber alle Versuche, die verzweifelte junge Dame zu beruhigen, schlugen fehl. Meine Worte, die ihr die Sorgen vertreiben sollten, drangen anscheinend nicht an ihr Ohr. So verging ein Tag nach dem andern in Trostlosigkeit und Betrübnis.

An einem Nachmittag wurde ich zu ihr gerufen. »Frau Bormuth, kommen Sie schnell, Kathrin heult und ist total am Ende.« Schluchzend und von einem Weinkrampf geschüttelt stand Kathrin an die Wand gelehnt. Ich befürchtete schon das Schlimmste.

»Kathrin, was ist denn geschehen? Sind Sie durch das Examen gefallen? So reden Sie doch«, versuchte ich mir Klarheit zu verschaffen, und es dauerte schon einige Minuten, bis sie sich gefasst hatte und die Worte stammelnd herausbrachte: »Das Ergebnis ist in Marburg. Ein Kommilitone hat es schon erfahren, dass er bestanden hat. Aber als ich ins Sekretariat hetzte, war die Tür verschlossen. Es war schon Feierabend. Irgendetwas ist faul an der Sache. Sicher bin ich durchgefallen und man wollte es mir nicht per Telefon mitteilen. Ich halte diese Spannung nicht mehr aus. Es ist zum Verrücktwerden.«

»Nun weinen Sie sich erst mal richtig aus«, tröstete ich unsere Untermieterin. »Solange Sie keinen Bescheid in Händen halten, ist es noch lange nicht gesagt, dass Sie durch die Prüfung gerasselt sind. Ich werde versuchen, die Sekretärin vom Prüfungsamt zu erreichen. Wenn die Ergebnisse in Marburg sind, muss es auch einen Weg geben, an sie heranzukommen. Reichen Sie mir mal Ihr Vorlesungsverzeichnis. Ich muss die Nummer heraussuchen.« Was jetzt folgte, war mühsam und schwierig. Die Dame wohnte außerhalb und auf Umwegen fand ich ihre Telefonnummer heraus. Das Dekanat war längst geschlossen. Es dauerte eine ganze Weile, bis ich Frau Sonneborn endlich am Apparat hatte. Als ich ihre Stimme hörte, war ich zuversichtlich, dass ich mein gestecktes Ziel erreichte.

»Ich weiß«, stotterte ich vor Aufregung in den Hörer, »es ist eine unverschämt große Bitte, die ich hege. Es geht mir um Fräulein Kathrin Schmidt. Sie hat vor drei Wochen ihr erstes Staatsexamen in Medizin abgelegt. Die junge Frau hat erfahren, die Prüfungsergebnisse lägen auf Ihrem Tisch. Könnten Sie mir sagen, ob sie bestanden hat? Fräulein Schmidt ist einem Nervenzusammenbruch nahe und ich würde Sie nicht nach Ihrem Feierabend bemühen, wenn ich mir nicht Sorgen um sie machte. Können Sie mir das Ergebnis durchsagen?«

»Liebe gute Frau Bormuth«, hörte ich vom andern

Ende der Leitung her. »Die Prüfungsunterlagen sind im Dekanat verschlossen. Wie soll ich von über zweihundert Kandidatinnen und Kandidaten auswendig wissen, ob Fräulein Schmidt bestanden hat? Morgen kann die Studentin ab acht Uhr zu mir kommen, und dann sage ich ihr das Resultat.«

Mit dieser Antwort konnte ich mich nicht zufriedengeben. Der Kummer dieses Mädchens war zu meinem Kummer geworden und ich hatte berechtigte Gründe, in Sorge zu sein. Kathrin ist äußerst sensibel, und das lange Warten hatte ihr Nervenkostüm stark strapaziert. So nahm ich erneut einen Anlauf. »Frau Sonneborn, ich weiß, dass Sie außerhalb wohnen und nach einem arbeitsreichen Tag froh sind, das Büro hinter sich gelassen zu haben. Aber mir bangt vor der Nacht. Ich schicke Ihnen unseren ältesten Sohn mit dem Wagen. Er holt Sie ab und bringt Sie auch wieder nach Hause. Wir bezahlen Ihnen auch die verloren gegangene Zeit, nur helfen Sie uns bitte, ich weiß mir sonst keinen anderen Rat, wie ich die Studentin beruhigen kann. Völlig in Tränen aufgelöst sitzt sie wie ein Häufchen Elend in ihrem Zimmer.« Meine Bitte hatte gefruchtet.

»Geben Sie mir Ihre Telefonnummer«, hörte ich die Sekretärin sagen. »Ich nehme mein eigenes Auto und lasse mich von Ihnen zu dieser Fahrt überreden. Aber das muss eine Ausnahme sein. Stellen Sie sich vor, alle Prüflinge träten mit solchem Ansinnen an mich heran. Wo käme ich da hin? Sie hören bald von mir.« Und mit diesen Worten legte sie auf.

Es vergingen zwanzig, dreißig, vierzig Minuten, da klingelte das Telefon. »Sagen Sie Fräulein Schmidt, sie habe bestanden. Ich gratuliere. Nun braucht sie nicht mehr im Ungewissen zu verharren, sondern darf sich freuen.«

Was jetzt folgte, brauche ich eigentlich nicht mehr niederzuschreiben. »Kathrin, Sie haben es geschafft!«, nahm ich die Studentin in die Arme. »Jetzt wollen wir erst mal Gott für alles Durchhelfen danken.« Fassungslos stand die junge Studentin vor mir. Ihr liefen zwar die Tränen vor Freude über die Wangen, aber die Starre war aus ihrem Blick gewichen und die Gelöstheit brach durch.

Die Torte, die in unserer Küche auf uns wartete, war ein sichtbares Zeichen ihrer Dankbarkeit. Genüsslich saßen wir am Nachmittag zusammen und ließen uns die mit Nüssen und Marzipan verzierten Stückchen schmecken. »Wie wär's, Kathrin, wenn Sie nächste Woche wieder Examen hätten?«, meinte einer unserer Söhne und der Schalk war ihm dabei ins Gesicht geschrieben. »So was Gutes habe ich schon lange nicht mehr gegessen.«

Ein ungleiches Paar

Spät habe ich mit dem Bücherschreiben begonnen, sehr spät sogar. Wahrscheinlich hat es daran gelegen, dass ich als Hausfrau und Mutter von fünf Kindern froh war, wenn ich den Tag »überlebte«. Meine Kinder sind temperamentvoll und sprudeln oft über von neuen Ideen. Manchmal hat es mich geärgert, wenn Freunde oder Bekannte mich etwas vorwurfsvoll ansahen und sagten: »Wir verstehen gar nicht, dass Ihre heranwachsenden Kinder so ausgelassen und schwungvoll sind, wo doch Ihr Mann die Ruhe in Person ist und viel Gelassenheit ausstrahlt.« Inzwischen bekümmern mich solche Sprüche nicht mehr. Ich stehe zu meinem Schwung, zu meiner Lebhaftigkeit und Vitalität. Ich lächle, wenn mein Mann mir schmunzelnd sagt: »Na, Lotte, heute bist du wie ein junges Fohlen, das man an die Kandare legen muss. Du machst mir Spaß.«

Auf einem Spaziergang habe ich meinen Mann einmal gefragt: »Was hat dich eigentlich an mir so fasziniert, dass du dich in mich verliebt hast und mich zu deiner Frau haben wolltest?«

»Es war deine spontane, lebenslustige, fröhliche Art, die mich begeistert hat. Mir war klar: Mit dir kann ich Pferde stehlen.« In den vielen Jahren, die wir inzwischen verheiratet sind, ist unsere Ehe noch herzlicher und inniger geworden. Es ist die Liebe, die uns miteinander fest verbindet. Wahrscheinlich ist es die Gegensätzlichkeit, die uns anzieht und uns unzertrennlich macht.

Ich bin ein praktischer Typ, schnell in meinen Entscheidungen, wenn ich sie für richtig erkannt habe, und voller Unternehmungslust. Bauen gehört zu meiner Leidenschaft. Kurz nach der Wende habe ich auf meinen Reisen nach Sachsen jedes neu gedeckte Dach gezählt und mich darüber gefreut. Als wir jung verheiratet unser Eigenheim planten, da war ich in meinem Element. Ende Oktober hatten wir mit dem Ausschachten der Baugrube begonnen, und am 31. Mai des nächsten Jahres zogen wir bereits in unser Haus ein. Es fehlte noch die Haustür und außer der Küche waren nur drei Zimmer tapeziert, aber das konnte meiner Freude keinen Abbruch tun, endlich ein eigenes Dach über dem Kopf zu haben.

Ich liebe auch die Gartenarbeit und habe tüchtig geschuftet, bis die Beete angelegt waren. Morgens stand ich oft schon um fünf auf dem Grundstück, bearbeitete den Boden, hackte die Zwiebeln und Möhren, pflückte Erdbeeren oder pflanzte die Tomaten. Das Bauernblut in meinen Adern lässt sich nicht verleugnen. Wenn ich die Erde in den Händen halte, der Samen durch die Finger gleitet und mir die Sonne warm ins Gesicht scheint, bin ich glücklich. In der Anfangszeit unserer Ehe bewirtschafteten wir sogar zwei Gärten und ernteten einen Kinderwagen voll Bohnen und vier Zentner Kartoffeln. Damit konnten wir sogar noch unsere Freunde beschenken.

Mein Mann ist mehr ein intellektueller Typ, ausgewogen in seinem Urteil und zögernd in seinen Entschlüssen. Er muss eine Sache von allen Seiten überdenken und alle Risiken abwägen. Als es darum ging, ein Grundstück zu erwerben, dauerten mir seine Überlegungen viel zu lange. Vor unserer Nase wurden die besten Bauplätze verkauft. Für mich war die Haltung meines Mannes eine echte Herausforderung, mich in Geduld zu üben, einer Gabe, die mir nicht in die Wiege gelegt wurde. Wenn er spricht, dann wägt er jedes Wort genau ab. Er verrennt sich auch nicht so schnell in Ideen, die sich dann als undurchführbar herausstellen. Seine Welt sind die Bücher und in unserm großen Haus gibt es keine freie Wand, an die man noch einen Schrank stellen könnte. Sogar im Schlafzimmer steht ein Regal, und auf den Nachtschränkchen und Bettvorlegern stapeln sich die Bücher. Wenn wir gegen 23 Uhr schlafen gehen wollen, dann nimmt er immer noch einen Stoß Zeitschriften und Bücher mit und selbst nach über 58 Ehejahren kommt es immer noch zu Debatten, wann denn endlich das Licht gelöscht wird. Gerne diskutiert mein Mann mit seinen inzwischen erwachsenen Kindern philosophische und theologische Probleme. Neulich half ihm unser ältester Sohn im Herbst beim Umgraben des Gartens. Gottfried ist auch Theologe. Vater und Sohn ereiferten sich so sehr über Luthers »Zwei-Reiche-Lehre«, dass sich mein Mann dabei die Mistgabel durch den Schuh stieß.

Das feurige, lebhafte Temperament und die praktische Art haben die Kinder von mir geerbt, die Klugheit und Intelligenz aber vom Vater. Ich bin auch sehr dankbar, dass Gott meinen Mangel an mathematischem Verständnis nicht meinen Kindern angelastet hat, denn ich war eine totale Versagerin in diesem Fach. Unsere fünf sind alle mathematisch begabt und unsere Tochter hat sogar Mathematik studiert. Ich zeigte größeres Interesse in der Schule an den Fremdsprachen. Als Kind bin ich in Bessarabien mehrsprachig aufgewachsen. Ich hatte russische und rumänische Spielkameraden und so konnte ich diese Sprachen fast besser sprechen als Deutsch. Als wir später im Warthegau neu angesiedelt wurden, lernte ich mit großer Leichtigkeit Polnisch, denn dies ist ja eine slawische Sprache. Im Gymnasium kamen dann noch Englisch, Französisch und Latein dazu und an der Universität Griechisch und Hebräisch. Es tut mir echt leid, dass ich vieles von dem, was ich einst gelernt habe, nicht mehr beherrsche.

Mit meiner Heirat folgten Jahre, in denen ich neu lernen durfte, oder soll ich besser sagen »lernen musste«, mit meinen Kindern Schulaufgaben zu machen. Zwei unserer Söhne waren »Saisonarbeiter«, und so wurde ich herausgefordert, mich mit Diktatüben, Aufsatzschreiben, Vokabellernen herumzuschlagen. Was ich bedaure, ist, dass ich nie in Frankreich oder England war, aber durch die Welt der Bücher gewann ich Einblick in andere Länder und Sitten.

Wenn ich darüber nachdenke, wie unterschiedlich begabt mein Mann und ich sind, dann wird mein Herz dankbar dafür, dass Gott uns zusammengeführt und uns eine so schöne, gesegnete gemeinsame Zeit als Paar und Familie geschenkt hat.

Mein lieber Nächster: ein spanischer Gastarbeiter

Vor unserer Haustür steht ein kleiner, dunkelhäutiger Mann. Neben ihm eine kräftige, schwergewichtige Frau, die mich mit vielen Worten und Gesten bittet, doch diesen spanischen Gastarbeiter bei uns aufzunehmen. Durch eine Anzeige in der Presse hatte sie erfahren, dass bei uns noch ein Zimmer frei ist. Am liebsten möchte ich Nein sagen, denn mir schwant nichts Gutes bei diesem ungleichen Paar. Aber es fällt mir schwer, diesen Ausländer abzuweisen. Und als ich entdecke, dass er nur einen Arm hat, ist mir klar, der Mann kommt zu uns. Seit meine Schwester beinamputiert ist, verstehe ich die Situation der Behinderten besser.

Die deutsche Frau beteuert mir noch mit großen Reden, welch guten Fang ich mit Herrn Joseppi gemacht habe, er sei ruhig, sehr sauber, und sie selbst komme mehrmals in der Woche, um das Zimmer in Ordnung zu halten und die Wäsche für ihn zu waschen. Zum Essen komme Herr Joseppi selbstverständlich zu ihr in die Stadt, sodass ich überhaupt keine Arbeit mit meinem neuen Untermieter haben werde. Nur schlafen solle er bei uns, denn sie seien verlobt, und sie wüssten, was sich gehört.

Ich blicke etwas skeptisch drein und denke nur, die

nächsten Wochen werden es zeigen. Meine Skepsis ist begründet, denn nachdem ich mein Ja gegeben habe, lässt sich die Blondine nie wieder sehen. Sie ist wie vom Erdboden verschwunden und mir bleibt die Arbeit. Herr Joseppi hat erst vor Kurzem in einem Sägewerk den Arm verloren und ist so hilflos, dass er noch nicht einmal die Haustür öffnen kann. Er leidet auch noch unter starken Schmerzen. Also koche ich das Essen, wasche die Wäsche für Herrn Joseppi, helfe ihm beim Ausfüllen der Formulare und führe manches Telefongespräch für ihn, denn sein Deutsch ist noch so schlecht, dass ich nur ahnen kann, wo ihn der Schuh drückt.

Ich muss sagen, dass ich recht ärgerlich bin, als ich – so nach und nach – erfahre, dass seine deutsche Freundin, mit der er viele Jahre zusammengelebt hat, sich nach dem folgenschweren Unfall von ihm getrennt und ihn in unser Haus abgeschoben hat. Natürlich bin ich nicht erbaut von der vermehrten Arbeit. Unsere Waschmaschine läuft sowieso an vielen Tagen der Woche. Aber Gott hat mir sehr schnell anhand einer Stelle bei Jesaja deutlich gemacht, dass der Platz dieses Mannes bei uns ist: *Die so im Elend sitzen, führe in dein Haus.* Plötzlich geht mir auf: Herr Joseppi ist nicht irgendein Spanier, der mir von einer selbstsüchtigen Frau aufgebürdet wird, sondern er ist der Mensch, den Gott mir anvertraut, damit ich ihm wohltun soll. Er ist mein Nächster, der wie im Gleichnis vom barmherzigen Samariter unter die Räuber gefallen ist und nun aus vielen Wunden blutet. Nicht nur der Arm schmerzt diesem Mann, sondern auch die Art, wie er von seiner Freundin behandelt wurde.

Außerdem musste er sich von seinem geliebten Jungen trennen, den er gemeinsam mit der deutschen Frau hatte. Für Südländer, die Kinder überaus lieb haben, ein besonders schrecklicher Verlust. Hinzu kommt die Erkenntnis, mit vierzig Jahren schon so eingeschränkt zu sein, und das alles in der Fremde.

Für mich war die Lage dieses Mannes eine echte Herausforderung und ich bemühte mich, seine Last zu meiner eigenen zu machen. Herr Joseppi ist mir zum Nächsten geworden, weil Gott mir den Blick und auch das Herz für diesen Menschen geöffnet hat. Mein Auftrag lautet: Übe an diesem Menschen Barmherzigkeit und empfange die Kraft dazu von Jesus, der unser barmherziger Hoherpriester geworden ist.

Doch die Geschichte von Joseppi ging noch weiter. Es waren einige Wochen vergangen, als vor unserer Tür ein Taxi hielt. Ein bildhübsches Mädchen stieg aus und der Chauffeur begleitete die junge Dame bis vor die Tür. In der Hand hielt er einen Briefumschlag. »Bin ich hier richtig bei Familie Bormuth, Sperberweg 8?«, fragte er.

»Ja«, gab ich ihm zu verstehen und bat ihn, mit seiner Begleiterin einzutreten.

»Diese junge Dame will zu Ihnen, sie ist mit dem Flugzeug in Frankfurt gelandet und kam mit diesem Umschlag an den Taxistand. Können Sie mir den Fahrpreis bezahlen? 135,00 DM – genau. Die junge Dame hat nur noch 50 Peseten in der Handtasche.«

Ich schaute mir den Brief genauer an und allmählich dämmerte es bei mir. Vor mir stand die Tochter unseres spanischen Gastarbeiters. Wir konnten uns überhaupt nicht verständigen. Ich bezahlte das Taxi, weil ich wusste, dass ich das Geld vom Vater zurückbekommen würde, und wartete gespannt auf Herrn Joseppi. Spät am Abend kam er heim. Als ich ihm seine Joakina, so hieß die junge Dame, vorstellte, gab es eine stürmische Begrüßung, bei der die Freudentränen beiden über die Wangen liefen. Ich stand dabei und war bewegt von der Wiedersehensfreude und machte mir allmählich Gedanken, wo ich nur die junge Spanierin schlafen lassen sollte? Ich legte unsere beiden jüngsten Buben zusammen und bezog für Joakina ein Bett im Kinderzimmer.

Es vergingen Tage und Wochen und unser Besuch machte keine Anstalten, wieder abzureisen. Die Jungen maulten schon, wie lange sie sich noch das Zimmer würden teilen müssen. Die zweite Matratze auf dem Fußboden ließe kaum Platz zum Spielen. Ich versuchte, mit dem Spanier zu reden, ob er nicht für seine Tochter ein anderes Zimmer mieten könne. »O Mamma mia«, erklärt er mir, »Joakina gute Mädchen, Joakina helfen dir, und Joakina muss kochen für mich.« Dabei legte er mir einen Geldschein auf den Tisch.

Mir blieb keine andere Wahl; also wurde Joakina auch unsere Untermieterin. Und als zum nächsten Ersten ein Student die Universität wechselt und bei uns auszog, belegte Joakina das frei gewordene Zimmer.

Für mich begann eine Zeit, in der ich lernen musste, mich in Geduld zu üben. Joakina kochte, und zwar nach spanischer Art viel und stundenlang, und das in meiner Küche. Das Fett spritzte nur so durch die Gegend, die Gerüche von Fisch und Olivenöl drangen bis in den letzten Winkel des Hauses. Joakina stellte das Essen auf den Herd und ging dann stundenlang in die Stadt. Ein Glück, wenn ich dazukam und noch rettete, was zu retten war.

Einmal betrat ich meine Küche und traute meinen Augen kaum. Von der Decke tropfte die Suppe, alles war verschmiert, der Fußboden glitschig und mit Reis übersät, das Fleisch lag unter dem Tisch und der Deckel hinter der Eckbank. Die Gardinen zeigten sich in einem ganz neuen Muster. Was war passiert? Der Dampfkochtopf war explodiert. Ich konnte Gott nur danken, dass niemand in der Küche war.

Als ich die junge Dame herbeirief, begann ein großes Gezeter, und wieder hörte ich das »Mamma mia, große Katastrophe«. Schließlich krempelte ich mir die Ärmel hoch, kroch unter den Tisch und begann das fettige Zeug aufzuwischen, denn in einer Stunde würden die Kinder hungrig aus der Schule nach Hause kommen. Dass sie sich an diesem Tag mit Käsetoastschnitten zufriedengeben mussten, dafür hatten sie Verständnis.

Ein paar Tage später bemerkte unser Jüngster, gerade sechs Jahre alt, bei Tisch: »Papa, zieh den Sturzhelm auf, die Joakina kocht wieder.« Ich muss schon sagen, diese eineinhalb Jahre, in der ich meine Küche mit der Spanierin teilen musste, waren äußerst strapaziös für mich, und ich geriet manchmal in Wut, wenn ich morgens das Frühstück für die Familie richten musste und in der Spüle das schmutzige Geschirr stand oder wenn die Herdplatte total verdreckt war. Dann habe ich oft Selbstgespräche geführt:

»Lotte, bleib schön ruhig, explodier nicht, reg dich nicht auf und lass es nicht zum Krach mit dem Mädchen kommen. Du willst sie doch für Jesus gewinnen.«

In diesen eineinhalb Jahren habe ich mich in Geduld geübt, einer Gabe, die ich von Natur aus nicht besitze. Bei Joakina musste ich lernen, einen langen Atem zu haben. Dabei half mir das Ziel, das ich im Auge hatte. Ich wollte Joakina mit dem Evangelium vertraut machen und sie mit Jesus in Verbindung bringen. Diesem hohen Ziel ordnete ich alles andere unter. Hätte sie mir vielleicht sonst die christlichen Schallplatten in ihrer Sprache abgenommen oder den spanischen Kalender aufgehängt oder die Traktate in ihrer Muttersprache gelesen, wenn es zu Auseinandersetzungen zwischen uns gekommen wäre? Joakina hat mir geholfen, die Dinge in der rechten Perspektive zu sehen. Der Mensch und sein Verhältnis zu Gott sind wichtig und nicht die angebrannten Herdplatten oder die Fettspritzer an der Tapete.

Das vergessene Manuskript

Heute musste ich schon zu nachtschlafender Zeit aufstehen, um eine Vortragsreise in den Norden anzutreten. Mein Mann stieg mit mir aus den weichen Federn, und während ich noch die letzten Sachen im Koffer verstaute, kochte er den Kaffee und deckte den Frühstückstisch. Wir setzten uns, lasen die Losung miteinander und beteten. »Warum greifst du nicht zu?«, fragte ich ihn. »Ist dir nicht gut?«

»Doch, doch, aber ich möchte lieber erst später mit Daniel essen, bevor er in die Schule muss.«

In etwas aggressivem Ton entgegnete ich: »Na, dir ist wohl das Kind lieber als ich.«

An diesem so leichtfertig hingeworfenen Satz entzündete sich ein kleiner Disput. Als ich auf dem Weg zum Bahnhof war, ärgerte ich mich über mein gereiztes Verhalten. Fast fünf Stunden Fahrt lagen vor mir. In Stift Quernheim sollte ich eine Frauenfreizeit halten und die Predigt übernehmen. Über Wochen war ich beschäftigt gewesen, bis ich meine Vorbereitungen unter Dach und Fach hatte. Im Zug wollte ich mir meine Referate noch einmal ansehen und sie mir einprägen. Ich machte den Koffer auf. Aber, o Schreck, meine Manuskripte lagen nicht wie gewöhnlich obendrauf. Ich wühlte in meinen Kleidern und drehte das Unterste nach oben. Aufgeregt suchte ich alles durch. Doch meine Vorträge blieben unauffindbar. Eine Mitreisende versuchte mich zu beruhigen. »Nun nehmen Sie mal Stück für Stück heraus, Sie werden bestimmt die verloren geglaubten Sachen finden.«

Dann lagen auf den roten Polstern verstreut Toilettentasche, Schuhe, Kleider, Bibel und Unterwäsche wirr durcheinander. Aber meine Manuskripte blieben spurlos verschwunden. Wie konnte mir dies bloß passieren! Ich achte doch sonst immer sorgsam darauf, nichts zu vergessen. Gewiss, ich hatte schon mal das Nachthemd oder die Zahnpasta zu Hause liegen lassen, aber das ist kein Beinbruch. Da schläft man halt im Taghemd, und Zahncreme gibt es in fast jedem Geschäft. Manuskripte aber kann man nicht kaufen, und für einen Redner gibt es nichts Schlimmeres, als am Vortragspult mit leeren Händen zu stehen. Unmöglich konnte ich die vier Referate aus dem Kopf vortragen. Und dazu kam ja noch die Predigt am Totensonntag. Mir verschlug es die Sprache. Reglos saß ich in den roten Polstern, so als hätte ich einen Schlag gegen den Kopf versetzt bekommen. Dann aber überlegte ich, was denn nun zu tun sei. Handys gab es zu dieser Zeit noch nicht. Ich holte einen kleinen Zettel aus meiner Tasche, schrieb meine Telefonnummer von zu Hause darauf und folgenden Text: Lieber Karl-Heinz, ich habe meine Manuskripte auf dem Schreibtisch liegen lassen. Unter folgender Adresse bin ich in Stift Quernheim zu erreichen ... An der nächsten Haltestation drückte ich einem jungen Mann, der gerade ausstieg, den Zettel und fünf Mark in die Hand. Überrascht schaute er mich an. »Bitte tun Sie mir den Gefallen! Rufen Sie meinen Mann an!« Und schon fuhr der Zug weiter.

Konnte ich dem Fremden vertrauen? Würde er zu Hause überhaupt jemanden antreffen? Und wenn mein Mann noch nicht zum Dienst gegangen war, welche Möglichkeiten der Hilfe hatte er? Die Entfernung war groß und eine Expresszustellung würde wohl nicht in so kurzer Zeit an ihr Ziel gelangen.

Das Bangen blieb. Ich arbeitete wie eine Wahnsinnige. Zu jedem Thema schrieb ich die Hauptgedanken in einigen Stichpunkten nieder. Wie sehr ich mich auch abrackerte, mein Bemühen konnte doch nur Stückwerk bleiben, denn ich hatte meine Vorträge auch sprachlich gut ausgefeilt. Ich fühlte mich ganz elend. Wie konnte ich nur so schludrig handeln.

Meine Mitreisende aus Dresden war eine wunderbare Frau. Man konnte den Eindruck bekommen, *sie* habe die Vorträge vergessen, so litt sie mit mir. Sie tröstete mich und redete beruhigend auf mich ein. Später stellte sich im Gespräch heraus, dass sie eine bewusste Christin war. Wie wohltuend war mir ihr Zuspruch. Sie würde an mich denken und für mich beten, versicherte sie mir. Gott habe bestimmt schon einen Ausweg aus meiner misslichen Lage geschaffen. Es war mir schwer, dem zuzustimmen, denn noch saß ich in der Klemme.

Noch nie ging eine Reise so schnell vorüber. Die Zeit verrann wie im Fluge. Am Bahnhof wurde ich abgeholt und in mein Quartier gebracht. Dort bewirtete mich eine Mitarbeiterin der Kirchengemeinde mit einem herrlichen Mittagessen. Ich hatte gerade die Suppe ausgelöffelt, da schellte es. Als ich die Stimme meines Mannes vernahm, war ich auf meinem Platz nicht mehr zu halten. Ich fiel ihm um den Hals, umarmte ihn und drückte ihn fest an mich. »Nein, Karl-Heinz, dass du die weite Fahrt auf dich nimmst und mir die Manuskripte bringst, kann ich gar nicht fassen.« Wir küssten uns, und unsere Freude war groß.

Für mich wurde schlagartig wieder klar, wer bei meinem Mann an erster Stelle rangierte. Das ist Liebe, große Liebe, die keine Unannehmlichkeiten und Opfer scheut. Meine bedrängte Situation war meinem Mann wichtiger als seine Ruhe und seine Arbeit. Ich war glücklich und voller Jubel. Nun war die Angst, wie ich denn predigen solle, von mir genommen. Zugleich aber schämte ich mich. Mein Streitgespräch von heute Morgen stand mir vor Augen. Wie konnte ich nur solch aggressive Töne von mir geben! Nein, das war gar keine Frage mehr. Ich bedeutete meinem Mann viel, sehr viel, das hatte er mit dieser langen Autofahrt bewiesen. In Zukunft würde ich meine Zunge besser im Zaum halten.

Und dann schenkte uns Gott drei Tage voller Segen auf dieser Frauenfreizeit. Was so schrecklich für mich begonnen hatte, wurde zu einem frohen Erleben, und Gott wirkte Frucht, wie es mir später auch in Briefen mitgeteilt wurde. Das Wort bewahrheitete sich wieder: »Denen, die Gott lieben, müssen alle Dinge zum Besten dienen« ... auch vergessene Manuskripte. Denn die hatten mich in dieser Situation ja erst in die rechte Abhängigkeit von Gott gebracht.

Weitere Biografien bei Francke

Volker Diehl, Christian Heinritz
Man nennt mich Dr. Hodgkin
Wie ich die Gelegenheit beim Schopf ergriff und ein entscheidender Durchbruch in der Krebstherapie gelang
ISBN 978-3-96362-477-3
ca. 224 Seiten, gebunden
auch als E-Book erhältlich

Lisa hat seit Wochen Nachtschweiß und Juckreiz und spürt am Hals einen Knoten. Sie geht zu einem Arzt, der Lymphdrüsenkrebs diagnostiziert – »Morbus Hodgkin«. Ihre Welt bricht zusammen. Sie hat gerade das Jurastudium begonnen, ist von zu Hause ausgezogen und zum ersten Mal richtig verliebt. Und nun Krebs. Das Ende ihrer Lebenspläne?

2500 Menschen erkranken jährlich in Deutschland an »Morbus Hodgkin«. In den 1980er-Jahren verlief die Erkrankung in den meisten Fällen tödlich, doch heute können über 95 Prozent der Patienten und Patientinnen geheilt werden. Dazu hat die Forschung von Professor Dr. Volker Diehl maßgeblich beigetragen. Doch seinen Erfolg in der Behandlung von Lymphdrüsenkrebs schreibt er nicht nur der Wissenschaft zu – sondern auch Gott.

In seiner spannenden Autobiografie geht der Wissenschaftler von Weltrang den Spuren Gottes nach, die in seinem beruflichen Werdegang wie auch in seinem Privatleben richtungsweisend waren. Mit Humor und Tiefgang erzählt er, wie sein Glaube und seine Forschung untrennbar miteinander verbunden sind.

W. Lee Warren
Entscheidungen an der Schwelle des Todes
Ein Gehirnchirurg zwischen Glaube, Zweifel und Hoffnung
ISBN 978-3-96362-355-4
378 Seiten, Paperback
auch als E-Book erhältlich

Dr. W. Lee Warren ist ein weltweit anerkannter Neurochirurg und überzeugter Christ. In dieser spannenden Autobiografie erzählt er, wie er alles daran setzt, seinen Patienten nicht nur eine exzellente Behandlung zukommen zu lassen, sondern sie ganzheitlich zu begleiten. Dabei ist es sein Glaube, der ihm immer wieder neu die Kraft gibt, Patienten und Angehörige mit oft schweren Diagnosen zu konfrontieren, sie auf komplizierte Operationen vorzubereiten und Entscheidungen an der Schwelle des Todes zu treffen. Mit Patienten zu beten, für die eigentlich keine Hoffnung mehr besteht, ist für ihn kein Widerspruch.
Doch dann wird das Gottvertrauen des gefeierten Gehirnchirurgen durch einen Schicksalsschlag in seiner Familie noch einmal ganz anders auf die Probe gestellt. Kann ihm sein Glaube auch jetzt noch Halt und Hoffnung geben?

»Wenn Sie Ihren Glauben vertiefen wollen und sich dafür interessieren, was ein brillanter Chirurg denkt, dann haben Sie sich mit dem Buch von Lee Warren genau für das richtige entschieden. Es ist ein Genuss, es zu lesen. Jedenfalls war es das für mich.«
Max Lucado